KB159449

나가사키로 간 아이들

교과연계
초등 도덕 5학년 6단원 인권을 존중하며 함께 사는 우리
초등 도덕 6학년 6단원 함께 살아가는 지구촌
중학국어 2학년 6단원 깊고 넓은 이해(비상)
중학국어 3학년 4단원 문학, 시대의 돋보기(천재교육)

청소년 권장 도서 시리즈 12
나가사키로 간 아이들

2023년 11월 3일 초판 1쇄

글 우리아   그림 강화경
펴낸이 김숙분   디자인 김은혜·김바라   홍보·마케팅 최태수
펴낸 곳 (주)도서출판 가문비   출판등록 제 300-2005-60호
주소 (06732) 서울 서초구 서운로 19, 1711호(서초동, 서초월드오피스텔)
전화 02)587-4244~5   팩스 02)587-4246   이메일 gamoonbee21@naver.com
홈페이지 www.gamoonbee.com   블로그 blog.naver.com/gamoonbee21/
제조국 대한민국   사용 연령 10세 이상
주의 사항 종이에 베이거나 긁히지 않게 조심하세요.

ISBN 978-89-6902-640-8 43810

ⓒ 2023 우리아

부산광역시 BUSAN METROPOLITAN CITY   부산문화재단 BUSAN CULTURAL FOUNDATION

나가사키로 간 아이들

우리아 글 강화경 그림

가문비
틴틴북스

임진왜란. 420여 년도 훨씬 지난 까마득한 옛이야기이다. 하지만 임진왜란은 조선 역사의 치욕으로 버젓이 살아 숨 쉬고 있다. 이보다 더 수치스러운 사건은 조선의 포로들이 포르투갈 노예 무역상들에 의해 팔려 갔다는 것이다.

아프리카인들은 대항해 시대 때, 노예 상인에게 팔려 뿔뿔이 흩어졌다. 일본 나가사키는 국제 무역 시장이 있었던 곳이다.

세계 선진국과 어깨를 나란히 하는 한국 역사로 보면 불편한 진실일 수밖에 없다. 조선 백성은 디아스포라(흩어진 사람들)가 되었다.

디아스포라 문학작품을 쓰기 위해 임진왜란 당시 역사적 사료나

논문을 찾아보았다. 놀라운 사실은, 조선인이 아프리카인보다 더 헐값인 조총 한 자루 값에 팔렸다는 것이다. 일본으로 끌려간 조선 인들은 어디로 갔을까?

루벤스의 '한복 입은 남자'가 조선인 포로로 이탈리아에 갔던 안토니오 코레아일 거로 추측하는 역사학자도 있다. 어쩌면 그도 '코리안 디아스포라'일지 모른다.

아직도 세계 곳곳에서 전쟁이 일어나고 있다. 전쟁이 일어나면 침입당한 나라의 사람들은 살아남기 위해 디아스포라가 된다.

러시아 폭격으로 부모를 잃은 우크라이나 소년이 피난민의 대열에 끼어 홀로 길을 걸었다. 소년은 두려움과 공포에 질려 있었다. 소년 역시 디아스포라가 될 것이다. 이처럼 전쟁은 평화롭고 행복한 가정을 갈기갈기 찢어 놓는다.

오래전 부산포 기장읍에서도 전쟁이 소용돌이쳤다. 임진왜란이다. 그때, 세 소년이 있었다. 그들은 조선을 떠나 코리안 디아스포라가 되었다. 세 소년의 이야기는 오랜 세월 노트북 파일 속에 묻혀 있었다. 곪은 손가락처럼 아픈 작품이 세상 밖으로 나오게 되었다.

기장 향토학자이신 허모종 선생님께서 '달음산 그늘'이라는 귀한 책을 선물로 주셨다. 한 장 한 장 읽다가 '무명 민간사절'이란 시가 눈에 들어왔다. 조선 포로를 무명 민간사절에 비유한 제목이 내 마음을 사로잡았다.

무명 민간사절

때는 임진왜란

기장현 읍내면 해변 서답골의 오솔길

줄지어 내려가는 사람들

조선 사람들 앞서고 뒤에서 살피는 왜병

포구에는 왜선이 기다리고 있다.

그때 죽성 앞바다 두모포

왜선이 지키고 왜군이 주둔하였다지

도공을 비롯한 수많은 조선인

나라가 힘이 없으니 끌려갈 수밖에(시의 한 부분)

-2017년 무명 도공을 추모하며, 기장읍 죽성 서답골에서-

서답골 오솔길을 줄지어 내려가는 사람 가운데 승이와 만수와 달복이도 있었으리라. 조선의 죄 없는 백성들이 일본으로 끌려갔다. 포로가 된 그들 중에는 노예가 되어 팔려 간 사람도 있었다. 나가사키 국제무역 시장을 통해 마카오, 인도, 포르투갈, 스페인, 이탈리아까지. 아니 더 먼 곳으로 가서 코리안 디아스포라가 되었을 것이다.

전쟁이 일어나면 아이들이 가장 큰 피해를 본다. 내 마음속 아이도 전쟁으로 소년 포로가 되었다. 이 아이들은 왜병들에게 붙들려 서생포구에서 왜선을 타고 쓰시마로 갔고, 그곳에서 다시 나가사키까지 갔다. 전쟁의 파편을 온몸으로 받으면서 말이다.

코리안 디아스포라가 된 역관 아들 승이, 유모 아들 만수, 도공 아들 달복. 세 소년이 겪은 가슴 아픈 이야기를 들려주고자 한다.

기장 달음산 노을을 바라보며
우리아

차례

프롤로그

임진년 4월 14일, 왜국이 수백 척의 배와 수만 명의 병력을 이끌고 부산으로 쳐들어왔다. 며칠 버티지 못하고 부산진성과 동래성이 무너졌다. 왜병들은 기장현까지 다다랐다.

기장 고을 사람들은 왜병의 눈을 피해 용천과 내리 골짜기를 향해 올라갔다. 고려 말 몽골이 침략했을 때, 골짜기로 숨은 사람들은 살아남았다.

사람들의 얼굴은 새파랗게 질렸다. 왜병에 대한 소문은 꼬리에 꼬리를 물었다. 불을 뿜는 도깨비라는 둥, 붙잡히면 바로 목을 잘라버린다는 둥, 심지어 사람고기까지 먹는다는 소문이 골짜기마다 퍼져나갔다.

피난을 떠나는 사람들은 마음이 조급해 발이 움직여지지 않았다. 부모 옷자락을 붙잡고 가는 아이들의 발은 자꾸만 꼬였다. 아이들 울음소리와 채근하는 어른 목소리가 뒤섞여 골짜기로 올라가는 길은 아수라장이 되었다. 그들이 지나간 길 위에는 뿌연 먼지구름이 뒤따랐다.

여인들은 보퉁이를 머리에 인 채, 아이들 손을 꽉 잡았다. 남자들은 지게에 짐을 얹고, 그 위에 어린아이를 앉혔다. 예닐곱 살 되어 보이는 아이들도 등에 봇짐을 둘러메었다. 개들도 혀를 쭉 뺀 채 주인 꽁무니를 따랐다.

봉대산 봉수대에서 허연 연기가 피어올랐다. 열세 살 승이는 봉수대에서 올라오는 연기 가닥을 눈으로 헤아렸다.

"앗, 다섯 가닥이야."

다섯 가닥은 전쟁이란 뜻이었다. 승이는 오금이 저렸다.

기장 봉대산 봉수대에서 피어오르는 연기는 언제나 한 가닥이었다. 이백여 년이 지나도록 전쟁 없는 평화로운 곳이었다. 며칠 전, 아버지가 봉화대를 올려다보며 말했다.

"봉수대를 눈여겨보아라. 지금처럼 연기가 한 가닥이면 아무 일이 없다는 것이다. 연기 가닥이 늘어날수록 위험하다는 뜻이다. 외적이 침범하면 네 가닥, 전쟁이 나면 다섯 가닥의 연기가 피어오른다. 왜적이 쳐들어온다는 소문이 자자하구나."

황 역관은 깊은 한숨을 내쉬었다.

승이는 아버지의 얼굴을 멀뚱멀뚱 쳐다보았다. 태어나서 단 한 번도 전쟁을 겪지 않았다. 왜구가 호시탐탐 기회를 엿보며 서생 포 앞바다로 들어오곤 했지만, 전쟁은 아니었다.

"지난달에 동래 부사님을 뵈었는데, 걱정이 많아 보이시더구 나. 왜국이 조선을 상대로 전쟁을 일으키려 한다는구나. 그래 서 왜관[1]이 술렁거려."

황 역관의 낯빛이 어두웠다.

"봉수대에서 다섯 가닥 연기가 피어오르면 전쟁이 일어난 것이 니, 무조건 식솔들을 데리고 용천 골짜기로 올라가야 한다. 산 세가 깊고 동굴도 있어서 아비가 올 때까지 숨어 지낼 수 있을 거야. 무슨 일이 있어도 살아남아야 한다. 네가 어디 있든지 아 비는 찾으러 갈 것이다."

"아버지와 헤어질 수도 있다는 말씀인가요?"

---

1) 왜관: 조선시대, 일본인이 거주하던 마을로, 조선과 일본 간에 외교 의례와 무역이 이루어진 공간.

승이가 울먹거리니 황 역관이 어깨를 다독거렸다.

다섯 가닥 봉화는 끊임없이 하늘 위로 솟아올랐다.

승이는 피난민들이 산속으로 달아나는 모습을 넋 놓고 바라보
았다.

1. 역관의 아들, 승이

바다에 붉은 저녁놀이 지고 있었다.

수백 명의 사람이 배에서 줄줄이 내렸다. 왜병에게 붙들린 포로들은 서생포구에 모여들었다. 짧은 줄로 손목을 묶고, 긴 줄로는 포로들을 엮듯이 묶었다.

밧줄이 승이의 희고 가느다란 손목을 파고들었다. 패인 상처에 피가 맺혔다. 오랫동안 배를 탄 탓인지 속도 울렁거렸다.

항구는 사람들로 넘쳐났다. 피부색이 검은 사람도 있고, 종잇장보다 흰 사람도 있었다. 승이 눈에는 그들이 도깨비 가면을 쓴 것처럼 보였다.

'여기가 나가사키?'

승이는 속으로 생각했다. 배 안에서 어른들이 쓰시마를 지나 나가사키로 갈 것이라고 했다. 쿵쿵쿵, 군홧발 소리가 들렸다. 가슴이 쪼그라들었다.

햇볕이 따가워 살갗이 타들어 가는 듯했다. 고향 집 우물에서 갓 길어 올린 차가운 물이 생각났다. 먹고 싶어서, 혀끝으로 입술을 핥았다.

현기증이 났다. 쓰러지지 않으려고 눈꺼풀에 힘을 주었다. 눈을 가느스름하게 뜨고 주위를 살폈다. 우스꽝스러운 옷차림을 한 남자가 지나갔다. 그는 조선 남자들이 장가갈 때 쓰는 사모관대를 쓰고, 항아리처럼 생긴 폭이 넓은 바지를 입었다. .

왜인들 옷차림은 낯익었다. 아버지는 왜인들이 입는 옷을 기모노라고 했다.

부산포 왜관에서 기모노를 입은 남자들을 봤다. 조선의 한복과 달리 소매와 바지통이 넓었다. 그러나 여자들의 기모노는 처음 보았다. 여자들은 알록달록한 양산을 손에 들고 있었다.

조선에서 붙들려 온 사람들을 보자, 포구에 있던 왜인들이 삼삼오오 모여들었다. 날씨가 후덥지근해서 땀이 줄줄 흘렀다. 땀

이 눈 안으로 스며들었다. 긴장해서인지 손바닥이 끈적거렸다.

왜병들은 조선 포로들을 골목 뒤편에 있는 창고로 끌고 갔다. 생선을 보관하는 창고였다.

왜병들이 밧줄을 풀어 주고 나무 상자 위로 올라서게 했다. 조선 포로들은 고개를 푹 숙였다. 여기저기 찢겨서 상처투성이인 발이 보였다. 조선 사람들은 백성을 지키지 못한 임금을 원망했다.

승이는 자라처럼 목을 잔뜩 움츠렸다. 구경꾼들이 포로들을 에둘러 쌌다.

"저놈은 힘 좀 쓰겠어."

덩치가 큰 왜인이 건장해 보이는 포로를 손가락으로 가리켰다. 그 남자가 첫 번째로 팔려 갔다.

왜인들은 포로를 살 때, 신분은 따지지 않았다. 오히려 양반이 뒷전으로 밀렸다. 얼굴이 곱상한 양반가 여자도 팔려 갔다.

이제 여남은 명이 남았다. 건너편에 한 아이가 보였다. 바다를 건너올 때 옆에 앉았던 달복이라는 아이였다. 기장 서답골에서 왔다고 했다. 아버지가 도공이라고 했던가. 얼굴에는 콧물 눈물이 뒤범벅되어 허옇게 말라 있었다.

배에서 꼬르륵 소리가 났다. 발아래 어지럽게 흩어진 생선 대가리라도 주워 먹고 싶었다. 보리밥에 곁들인 상추쌈이 간절했다.

　서생포에서 나가사키로 오는 왜선 안에서 왜병이 쌀겨로 뭉친 주먹밥을 던져 주었다. 한입 베어 물다가 뱉었다. 비린내가 역겨워 먹을 수가 없었다.

　나가사키 날씨는 조선보다 더웠다. 며칠째 씻지 못한 몸에서 고약한 냄새가 났다. 굶주림과 더위에 지쳐 금방이라도 쓰러질 듯 몸이 앞뒤로 흔들렸다.

　입술 언저리에 팥알만 한 사마귀가 있는 왜인이 승이를 쏘아보았다. 알아듣지 못하는 말을 중얼거리더니 승이 앞을 휙 지나쳤다. 아무리 버티려고 해도 눈꺼풀이 무겁게 내려왔다. 눈앞이 흐릿흐릿해졌다. 승이는 바닥에 널브러졌다.

'여기가 어딜까?'

지금까지 겪은 일이 악몽 같았다. 손바닥으로 바닥을 쓸었다. 까슬까슬한 바닥이 만져졌다.

'다다미방?'

아버지와 왜관에 갔을 때, 다다미방에 들어간 적이 있었다. 승이는 거기서 왜국의 신기한 물건도 만져보고, 서양에서 왔다는 달콤한 설탕 과자도 맛보았다.

'그렇다면 여기는 왜국?'

아직 잠에서 깨지 않은 것 같아 머리를 흔들었다. 나가사키 항구의 창고 안에서 의식을 잃고 쓰러졌던 기억이 났다.

'아, 꿈이 아니었구나.'

인기척을 느낀 듯, 기모노를 입고 머리를 한 갈래로 묶은 여자애가 생글생글 웃으며 들어왔다. 뺨이 복숭아처럼 불그스레했다.

"사흘 밤을 꼬박 잠만 잤어."

여자애가 작은 소반을 다다미 위에 조심스럽게 내려놓았다.

얼굴이 후끈 달아올라서 옷매무시를 만졌다. 조선에서 입고 온 옷이 아니었다. 누군가가 갈아입힌 모양이었다.

여자애는 승이의 눈을 보며 뭐라고 했다. 조선말이 아니라 왜말이었다.

여자애가 숟가락을 손에 쥐여주었다. 그제야 죽을 먹으라는 소리인지 알아들었다. 작은 옹기에서는 하얀 김이 몽실몽실 피어올랐다. 구수한 냄새를 맡자, 뱃속이 요동쳤다. 허겁지겁 죽 한 그릇을 게 눈 감추듯 먹어 치웠다.

"고, 고마워. 난 승이라고 해. 조선에서……."

목소리가 기어들어 갔다. 여자애가 고개를 갸웃거렸다. 무슨 말인지 못 알아듣는 표정이었다.

'아, 참, 여기는 왜국.'

왜말은 아버지에게 틈틈이 배웠다. 아버지 뒤를 이어 역관이 되겠다는 꿈도 꾸었다.

"고마워."

조선에서 포로가 되어 끌려왔다는 말은 하기 싫었다.

"어, 우리나라 말을 할 줄 알아?"

여자애가 눈을 동그랗게 뜨고 승이를 보았다.

"응."

"우리말을 누구한테 배웠어?"

"아, 아버지. 아버지께서 역관이셔."

"아하, 역관. 다른 나라 말을 통역하는 사람?"

승이는 고개를 끄덕였다.

"오빠가 나가사키 포구에 쓰러져 있는 걸 아버지가 데리고 왔어."

'오빠?'

승이더러 오빠라고 했다. 오빠 소릴 들으니 여동생 순이가 생각났다. 그러고 보니, 머루처럼 새까만 눈동자와 볼우물이 순이를 닮았다.

"네 아버지는?"

승이는 여자애와 눈도 마주치지 못한 채 물었다.

"우리나라 장수야. 아버지 이름은 가와구치!"

여자애가 아버지 이름을 또박또박 말했다. 무척이나 자랑스럽다는 듯.

'할매신이 살려 준 걸까?'

고향 고샅길 앞에 오래된 팽나무가 있다. 조선이 세워지기 전부터 그 자리에 있었다고 했다. 팽나무 옆에는 할매당이 있는데,

마을 사람들은 해마다 할매신에게 제사를 올렸다. 정월 대보름에는 풍어를 기원하고, 가뭄이 들면 비를 내리게 해 달라고, 거센 폭풍이 일면 바다를 잠잠하게 해 달라고 빌었다.

어머니는 세상 돌아가는 모든 일이 할매신 손에 달렸다고 했다. 그래서인지 어려운 일이 생기면 할매당에 가서 손바닥이 닳도록 빌었다.

'어머니가 할매신에게 빌었을 거야. 그래서 내가 여기에 왔을 거야. 할매신이 지켜 줄 거야.'

두렵던 마음이 조금씩 사그라졌다.

2. 유모 아들, 만수

땔감을 지게에 얹고 산에서 내려왔다. 지게 끈이 닿은 살갗이 쓰라렸다. 눈만 뜨면 지게를 지고 산을 오르락내리락하지만 그래도 힘들었다. 오늘은 바닥이 비에 젖어 더욱 그랬다.

한 발 한 발 조심조심 내디뎠건만 흙길에 미끄러져 짚신이 홀러덩 벗겨졌다. 지게를 내려놓고 짚신을 신으려고 바위에 걸터앉았다. 까치 한 쌍이 푸르르 날갯짓하며 소나무 가지 위로 솟아올랐다. 소나무 가지 사이로 까치둥지가 보였다. 까치는 혹여나 새끼를 해칠까 두려워 깍깍 소리 내며 둥지 주위를 맴돌았다. 그때였다. 멀리 봉수대에서 연기가 피어오르고 있었다. 세어 보니 모두 다섯 가닥이었다.

"다섯 가닥이면 전쟁이 일어났다는 신호인데……."

눈을 부릅뜨고 다시 헤아려 보았다. 틀림없이 다섯 가닥이었다. 며칠 전 황 역관이 한 말이 떠올랐다.

"왜군이 쳐들어온다는 소문이 자자하구나."

수심이 가득 찬 얼굴이었다.

"봉수대를 자주 올려다보거라. 다섯 가닥의 연기가 피어오르면 무조건 용천 골짜기로 피해야 한다. 만수야! 면목 없지만 승이를 부탁한다."

만수는 원망 섞인 눈빛으로 황 역관을 보았다. 황 역관을 보면 분노가 앞섰다. 황 역관의 맏이로 태어났건만 그를 아버지라고 부를 수 없었다. 그러니 아들도 될 수 없었다. 조선의 법이 그러하다고 했다.

무슨 일인지 알아보려고 관아로 달려갔다. 관아 동문 앞에 닿으니, 승이가 서책 보자기를 옆구리에 낀 채 피난민 틈에서 안절부절못하고 있었다. 향교에 다녀오는 길인 모양이었다. 성안에 사는 고을 사람들이 성문을 빠져나와 서둘러 산으로 올라갔다.

승이에게 다가갔다. 세 살 어린 승이는 겁도 많고 몸도 허약해,

그 곁을 그림자처럼 따라다녔다. 황 역관이 신신당부했기 때문이었다. 나이에 비해 덩치가 좋은 만수는 힘든 농사일도 척척 해냈다.

"만수야! 무서워. 무슨 일이래? 왜구가 쳐들어온 거야? 동래 부사님이 우릴 지켜 주시겠지?"

"저도 봉수대에서 피어오르는 연기를 보고 부랴부랴 산에서 내려왔어요. 제가 얼른 장졸을 만나고 올게요. 여기서 꼼짝 말고 기다리세요. 다른 데로 가시면 안 돼요."

"알았어. 빨리 와야 해!"

"금방 다녀올게요."

성은 아수라장이었다. 관아의 장졸들도 달아나기 바빴다. 만수는 당황해서 도망치는 장졸을 붙잡고 다그치듯 물었다.

"도대체 무슨 일이에요? 전쟁이라도 난 건가요?"

장졸의 눈동자는 겁에 질려 있었다.

"왜적이 곧 성을 습격할 기다. 동래성이 무너졌다고 안 하나. 왜적이 코앞인기라 퍼뜩 용천 골짜기로 피하거래이."

'그럼, 어머니는?'

장졸의 말을 듣자 어머니가 걱정되었다. 황 역관 집 하인이면서 승이의 유모이기도 했던 어머니는 몇 해 전부터 해수병[2]으로 바깥출입을 못했다. 분명 황 역관의 식솔들을 따라가지 못 했을 것이다.

만수는 승이를 모르는 척, 어머니를 업고 산으로 피하고 싶은 마음이 굴뚝같았다. 그러나 착하고 정 많은 승이를 생각하면 그럴 수도 없었다. 자기를 아들로 인정하지 않는 황 역관은 싫지만, 자신을 형처럼 따르는 승이가 싫은 건 아니었다. 승이는 황 역관이 왜관에서 신기한 과자나 맛있는 음식을 가져오면 그것을 들고 행랑채로 조르르 달려오던 아이였다. 신분이 다르다고 만수에게 함부로 하지도 않았다.

만수는 언덕으로 올라갔다. 고샅길을 돌아가니 황 역관 기와집이 한눈에 들어왔다. 황 역관은 웬만한 양반보다 부자였다.

만수는 잠시 머뭇거리다가 승이에게 달려갔다.

'아재들이 어머니를 혼자 두고 가지는 않았을 거야.'

애써 마음을 다잡았다.

만수가 시키는 대로 승이는 꼼짝달싹 않고 그 자리에 있었다.

---

2) 해수병: 기침을 심하게 하는 병.

"도련님! 동래성이 무너졌대요. 어서 몸을 숨겨야 해요."

"뭐, 동래성이? 그럼, 아버지는? 부사님이 급히 부르신다면서 새벽에 동래 관아에 가셨어."

승이는 울음보를 터트렸다.

"왜적이 곧 우리 고을도 덮칠 거래요. 어서 피해야 해요!"

만수가 우악스럽게 승이 손을 잡아끌었다.

"어머니한테 갈 거야! 엉엉!"

승이가 만수 손을 뿌리치고 마을로 내달았다. 만수는 얼른 쫓아가서 승이를 붙잡았다.

"아이처럼 왜 이래요?"

"어머니는? 순이는?"

"마님과 아씨 생각만 해요? 저 역시 어머니를 두고 도련님께 온 거라고요!"

울화통이 터져서 만수는 눈물을 찔끔거렸다. 고을 사람들이 산으로 달아나며 소리쳤다.

"왜적이 동구 밖까지 왔대이! 퍼뜩 도망치래이!"

"살고 싶으면 산으로 올라가라 안 카나!"

만수는 강제로 승이 손을 잡아끌었다.

등선을 붉게 물들였던 철쭉은 어느새 지고, 연초록 잎이 산을 덮고 있었다. 수령산 기슭을 지나 교리 마을 쪽으로 향했다. 계곡을 몇 개나 지났을까, 물 흐르는 소리가 들려왔다.

"화철령³⁾이에요. 여기부터는 길이 여러 갈래예요."

기장 동면 대추밭 마을을 지나면서 피난민이 흩어지고 있었다. 딱히 갈 곳이 없는 사람들은 불광산이나 대운산으로 더 깊이 들어갔다.

만수는 용천 골짜기 동굴로 숨었다. 고려에 몽골군이 쳐들어왔을 때도 동굴에 숨은 마을 사람들은 살아남았다고 했다. 하지만 반나절도 못 되어 동굴까지 왜적이 쳐들어왔다. 만수는 승이 손을 잡고 뛰었다. 그러나 얼마 못 가 왜적에게 붙들렸다. 붙들린 사람들은 모두 왜국의 포로가 되었다.

왜병들은 포로들을 밧줄로 단단히 묶었다. 왜병이 만수를 행렬에서 빼내었다. 만수가 승이를 부르려고 하자 왜병이 입을 천으로 틀어막았다. 뒤돌아보니 승이가 바닥에 엎어진 채 울고 있었다.

---

3) 화철령: 울산광역시 울주군 운화리와 부산광역시 기장군 명례리 사이에 있는 고개. 현재는 14번 국도가 통과하고 있다.

서생포구에는 수백 척의 왜선이 정박 중이었다.

왜병이 뭐라 뭐라 말했다. 만수가 말귀를 알아듣지 못하자 바로 채찍이 날아왔다. 다시 뭐라 소리쳤다. 나무 궤짝을 배 안으로 옮기라는 말인 듯했다. 나무 궤짝을 어깨에 메니 고린내가 났다. 나무 궤짝을 배에 실으면서도 만수는 승이를 찾느라고 두리번거렸다.

다음 날, 서생포구에 뜬 아침 해가 만수 얼굴을 비추었다. 만수는 눈이 부셔서 두 눈을 가늘게 떴다.

왜병들은 부지런히 움직였다. 갈매기들이 갑판 위로 어지러이 날아다녔다. 왜병들은 포로들이 도망가지 못하도록 갑판 위에 밧줄로 꽁꽁 묶었다.

드디어 왜선이 출항했다. 크고 작은 섬을 지났다. 높은 파도가 당장이라도 배를 엎을 듯 흔들어 댔다.

속이 울렁거렸다. 토사물이 바다로 떨어지자 팔뚝만 한 물고기들이 튀어 올랐다. 눈앞이 뱅글뱅글 돌았다. 밧줄로 묶어 놓지 않았더라면 그대로 바닷물에 풍덩 빠졌을지 모를 일이었다.

　낮과 밤이 여러 번 바뀌었
다. 조선에서 보았던 보름달이
어느새 그믐달이 되었다.
　옆으로 조선 포로를 실은 다른 왜선이 지나갔
다. 혹시나 승이가 타고 있을까 하여 살폈다.
　왜선은 쓰시마에서 물건을 실은 뒤, 다시 출발했다.
"이 배는 어디로 가는 건가요?"

옆에 있는 남자에게 물었다.

"나가사키로 간다카대."

"나가사키라고요? 도련님은……."

"지금 누굴 걱정하고 있노? 나라가 우짜다가 요꼴인 줄 아나? 임금과 양반들이 즈그들끼리만 잘 묵고 잘 살라다 이케 된 거 아이가? 양반들이라 카믄 치가 떨린대이."

남자 얼굴이 붉으락푸르락했다. 만수는 그가 하는 말이 귀에 들어오지 않았다. 어머니와 승이 걱정뿐이었다. 만수는 그들을 무사하게 지켜 달라고 할매신에게 빌었다.

갈매기들이 끼룩거리며 왜선 꽁무니를 따라왔다. 저 멀리 안개에 싸인 땅이 서서히 모습을 드러냈다.

3. 서답골 아이, 달복이

하루를 꼬박 걸어서 서생포구에 닿았다. 발에 물집이 잡혀서 걸음을 옮길 때마다 욱신거렸다.

왜병은 철통같이[4] 포로들을 감시했다. 매서운 눈으로 포로들을 살폈다. 우는 어린아이에게도 채찍이 날아왔다. 아이들은 비명을 지르고 엄마는 달래느라 쩔쩔맸다. 아이에게 왜 매질 하냐고 항의하면 더 가혹한 채찍질이 날아왔다.

찰싹찰싹 갯바위에 파도가 부딪쳤다. 앞뒤 좌우로 간격을 맞춘

---

4) 철통같아: 조금도 허점 없이 치밀하게

왜선들이 바닷가 모랫길에 길게 늘어서 있었다.

포로들보다 나무 궤짝이 먼저 왜선 안에 올려졌다. 거무칙칙한 나무 궤짝에서 비릿한 냄새가 났다. 그 안에 소금에 절인 조선 사람의 머리가 들어 있다는 소문이 포로들 사이에서 돌았다. 온몸에 소름이 돋았다.

왜병들은 포로들을 왜선에 태웠다. 굼뜬 포로에게는 어김없이 채찍이 날아왔다. 달복의 짚신 한 짝이 벗겨졌다. 짚신을 주우려고 몸을 굽혔다. 왜병이 곱게 봐 줄 리 없었다. 이윽고 날카로운 채찍이 살을 파고들었다.

어디로 가는지도 모른 채, 앞사람 등만 보고 왜선에 올라탔다. 배 안에는 먼저 붙들려 온 포로들이 빼곡히 앉아 있었다. 왜병들은 포로들의 손을 갑판 난간에 묶어 옴짝달싹 못 하게 했다.

왜선은 수십 척 되었다. 아버지를 따라 부산포에 갔다가 본 적이 있는 '고바야'라는 작은 왜선도 있었다. 달복이가 탄 왜선은 고바야에 비해 서너 배 컸다. 배 만드는 일을 했다는 아저씨가 장수들이 타고 있는 배는 '세키부네'라고 부르는 함선[5]이라고 했다.

---

5) 함선: 군함, 선박 따위를 통틀어 이르는 말.

속도가 빨라서 쓰시마에서 떠나 전속력으로 달린다면 부산진까지 하루 만에 도착한다고 했다.

그 말을 듣자 달복이는 앞날이 두려웠다. 조선의 판옥선[6]보다 더 빠른 배가 있다면, 전쟁이 쉽게 끝날 것 같지 않았다. 바다 저편에서 짙은 먹구름이 스멀스멀 올라왔다.

달복이의 아버지는 기장 죽성리 서답골에서 도자기를 굽는 도공이었다. 도자기를 빚고 남는 흙덩이는 달복이의 몫이었다. 달복이는 친구들과 흙덩이를 둥글게 말아서 개, 말, 닭, 용, 뱀 같은 것을 만들었다. 아버지가 그것을 가마 속 구석에 넣어서 구워 주면, 달복이는 친구들과 신이 나서 서답골을 뛰어다녔다. 전쟁이 터지기 며칠 전, 아버지는 도자기를 짚으로 꽁꽁 싸매어 나무상자에 넣었다. 도자기를 수레에 싣고 동래시장으로 들어가려고 했다.

달복이와 마주 보고 있는 아저씨는 마치 미친 사람처럼 계속 주절거렸다. 그의 눈빛에는 두려움이 가득했다. 두렵기는 열세 살 달복이도 마찬가지였다. 달복이는 한 번도 전쟁을 겪어보지

---

6) 판옥선: 조선시대 수군의 대표적인 전투선. 노를 젓는 노꾼은 1층, 전투원은 2층에 배치하였다.

못했다. 해안에 도둑질하는 왜구들이 심심찮게 드나든다는 이야기는 들었지만, 관군이 잘 막아 주었다. 그런데 지금은 아니었다.

"타당! 타당!"

왜병들이 밧줄에 묶인 채 솔숲으로 달아나는 포로들을 향해 조총을 쏘아댔다. 공포에 질린 포로들이 울부짖었다. 밧줄로 묶인 채 온몸을 비틀었다. 비명과 통곡 소리가 멈추지 않았다. 아비규환이었다. 지옥이 이보다 더 무섭지는 않을 듯했다.

밤이 되자, 추위가 몰려왔다. 옆에 앉은 아이가 덜덜덜 떨었다. 곱상하게 생긴 아이 얼굴이 눈물로 얼룩졌다.

감시병이 뱃머리로 간 틈을 타서 달복이가 아이에게 물었다.

"넌 어디서 붙들렸어?"

'……'

대답은 안 하고 훌쩍훌쩍 울기만 했다. 다시 한번 목소리를 낮추어 물었다.

"어디서 붙들렸어?"

그러자 아이가 입술을 달싹거렸다.

"기장 성산 기슭. 넌?"

"동래성 가는 길에."

"뭐? 동래성? 그곳이 함락되었다는 이야기를 들었어. 도무지 믿기지 않아."

아이가 눈물을 글썽거렸다. 한참 시간이 흐른 뒤에 말문을 열었다.

"서당 다녀오는 길에 왜병을 만나 수령산으로 도망쳤어. 유모 아들 만수와 같이. 그런데 뒤돌아보니, 만수가 없었어."

아이가 소리 내어 울었다. 달복이는 가슴이 덜컥 내려앉았다.

"야, 조용히 해. 그렇게 울면 왜병이 온단 말이야."

아이가 울음을 삼켰다. 줄에 묶인 아이의 손을 보았다. 피부가 뽀얀 것이 양반집 도령 같았다.

"넌 어쩌다가 여기까지 왔어?"

아이가 울음을 그치고 물었다.

"전쟁이 일어나기 며칠 전부터 동생이 아팠어. 아버지도 없는데, 열이 내리지 않는 거야. 읍내에 의원님을 모시러 갔지만 피난 가고 없었어. 아버지를 만나려고 동래성으로 가는 길에 왜병을 만났어. 도망쳤지만 결국 붙잡혔지."

달복이는 집에 혼자 두고 온 동생 웅이가 걱정되었다. 열은 내렸는지, 굶지는 않는지……

그때였다. 왜병이 인상을 쓰고 다가와서 채찍으로 등짝을 후려 쳤다. 이 광경을 보던 할아버지가 왜병에게 호통을 쳤다.

"전쟁 통에 부모를 잃은 아이들이 가엾지도 않으냐? 예끼 이 놈!"

왜병의 얼굴이 일그러지더니 할아버지에게 채찍을 날렸다. 할 아버지 얼굴이 고통으로 일그러졌다.

"왜 이리 소란스러운 게냐?"

왜병이 채찍 든 손을 멈추었다. 붉은 턱수염을 하고, 검은 뿔이 달린 투구를 쓴 왜장[7]이 서 있었다. 왜장의 눈빛은 왜병들과 다 르게 온화했다.

"그만 채찍질을 멈추어라!"

왜장이 단호하게 말했다.

"살려 주세요. 때리지 말아요."

아이가 왜말로 울부짖었다. 조선 사람이 하는 왜말을 가까이서 들어보기는 처음이었다. 달복의 눈이 휘둥그레졌다. 왜장이 아이 에게 물었다.

---

7) 왜장: 일본 장수를 낮잡아 이르는 말.

"혼자 배에 오른 것이냐? 어른은 안 계시느냐?"

"아버지는 동래성으로 가셨는데, 그 후 어떻게 되었는지 몰라요."

아이가 왜말로 대답했다.

"허허! 동래성이라……."

왜장이 붉은 턱수염을 쓰다듬으며 다시 물었다.

"왜말은 누구한테 배웠느냐?"

아이가 왜말을 하는 것이 신기한 모양이었다.

"아버지께……."

"아버지가 역관이시냐?"

"네. 제 아버지는 왜말도 하시고, 명나라 말도 하십니다."

왜장이 아이의 얼굴을 유심히 보았다.

"아버지 성함이 무엇이냐?"

"제 아버지는 황 자, 철 자, 진 자를 쓰십니다."

아이가 또박또박 말했다. 역관이라면 아이의 아버지는 중인이었다.

"음, 황 역관이라……."

왜장이 옅은 미소를 지었다.

"그런데, 이 배는 어…디로 가…는 겁니까?"

겁쟁이 울보로만 알았는데, 아이가 겁 없이 물었다.

"나가사키로 간단다."

왜장의 말투는 부드러웠다.

'나가사키? 그곳은 어디일까? 조선에서 얼마나 떨어진 곳일까?'

아버지에게 쓰시마에 대해서는 들은 적이 있지만 나가사키는 처음 듣는 지명이었다. 쓰시마는 조선에서 가장 가까운 왜섬이며 왜관에서 무역한 조선 물건들이 그곳으로 보내졌다. 농사를 지을 수 없는 땅이어서 쓰시마에 사는 왜인들은 부산으로 쌀이나 보리 같은 곡물을 사러 자주 왔다. 쓰시마와 부산은 서로 가까운 거리였다. 날씨가 화창한 날엔 쓰시마가 보였다.

나가사키는 쓰시마보다 먼 곳에 있을 것 같았다. 달복이는 아버지와 웅이를 생각하니 가슴이 미어졌다. 웅이를 낳고, 산후병을 앓다가 죽은 어머니도 그리웠다.

왜장이 주위를 두리번거리더니 역관의 아들에게 속삭이듯 말했다.

"힘들어도 참고 견디어라. 전쟁은 곧 끝날 것이다."

서슬 퍼런 왜병이 마뜩잖은 표정으로 그 광경을 쏘아보았다.

왜장은 두리번두리번 주위를 살피더니 급히 자리를 떠났다.

"우린 아버지를 동래성에서 잃은 거네."

아이가 말했다. 눈빛이 한없이 슬퍼 보였다.

4. 왜장 가와구치

인기척이 들렸다.

유리의 어머니, 히로메였다.

"이제야 정신이 좀 드는 모양이구나. 얘야, 네가 깨어나지 않아서 걱정을 많이 했단다. 너를 보니, 유리 오빠가 생각나는구나. 몇 살인 게냐. 어쩌다가 이 먼 곳까지 끌려왔단 말이냐."

히로메가 깊은 한숨을 내쉬었다.

"열세 살입니다."

"내 아들이 살아 있다면 너만 하겠구나."

어머니 생각이 났다. 울지 않으려고 입술을 깨물었다.

"이 옷으로 갈아입어라. 하늘나라로 먼저 간 유리 오빠 옷이다. 품이 맞을 것 같구나."

곱게 접은 기모노를 건네주었다.

"고맙습니다……."

뒷말을 흐렸다. 눈은 마주치지 못하고 손만 내밀었다.

"힘들어도 참아라. 전쟁은 언젠가 끝날 것이다."

왜국으로 오는 배 안에서, 왜장도 똑같은 말을 했다. 참고 견디면 전쟁이 끝난다는 말은 승이에게 희망을 주었다. 히로메는 기모노 입는 방법을 가르쳐 주고는 조용히 방을 나갔다.

승이는 기모노를 만지작거렸다.

'이 옷을 입으면, 진짜 왜인이 될 것만 같아.'

한복보다 소매통이 넓었다. 끈으로 허리를 묶었지만 옷이 흘러내렸다.

유리는 승이보다 두 살 아래였다. 승이를 오빠라고 부르며 졸졸 따라다녔다. 하인들의 눈빛이 화살이 되어 등에 꽂혔다.

"나리는 힘센 포로를 데리고 올 것이지, 왜 저런 풋내기를 데리고 왔는지……."

하인들이 구시렁거렸다. 승이를 쏘아보는 눈빛이 곱지 않았다.

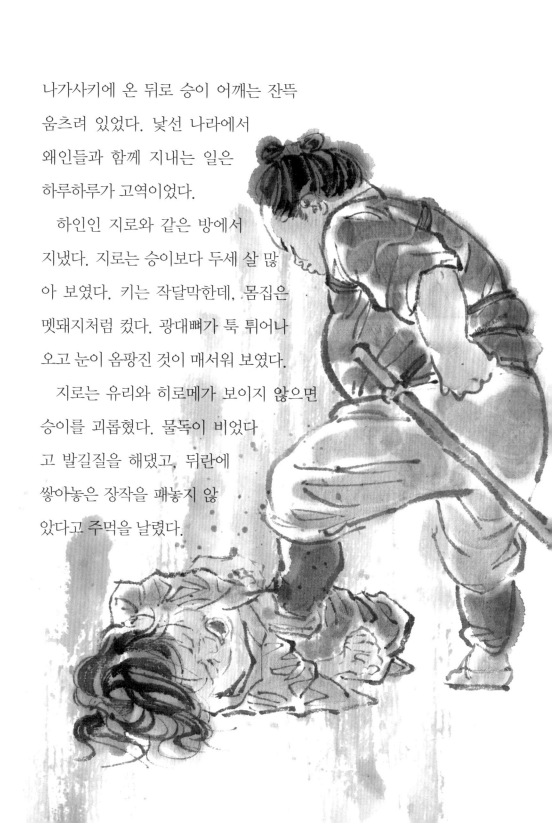

나가사키에 온 뒤로 승이 어깨는 잔뜩
움츠려 있었다. 낯선 나라에서
왜인들과 함께 지내는 일은
하루하루가 고역이었다.

　하인인 지로와 같은 방에서
지냈다. 지로는 승이보다 두세 살 많
아 보였다. 키는 작달막한데, 몸집은
멧돼지처럼 컸다. 광대뼈가 툭 튀어나
오고 눈이 옴팡진 것이 매서워 보였다.

　지로는 유리와 히로메가 보이지 않으면
승이를 괴롭혔다. 물독이 비었다
고 발길질을 해댔고, 뒤란에
쌓아놓은 장작을 패놓지 않
았다고 주먹을 날렸다.

여기저기 시퍼런 멍이 들고 무릎엔 피딱지가 엉겨 붙었다. 싸움을 싫어하지만 지로를 패주고 싶을 때가 한두 번이 아니었다. 만수가 있었다면 흠씬 패 주었을 거다. 서당 아이들에게 맞고 들어오는 날이면 만수가 나서서 혼내주었다. 승이를 샌님이라고 놀리는 아이들도 만수가 옆에 있으면 슬슬 눈치를 보았다.

분홍빛 진달래와 노란 개나리가 산천에 물든 봄날에 전쟁이 일어났다. 지금쯤 고향 산은 푸른 산이 되어있을 것이다.

"주인님께서 오셨다!"

지로가 마당 안으로 들어오며 소란을 떨었다. 석 달 만에 주인이 조선에서 돌아온 것이었다. 하인들이 우르르 대문 밖으로 뛰어나갔다. 승이도 하인들 틈에 끼었다.

유리가 자랑스럽게 여기는 아버지를 보고 싶었다. 히로메가 제일 앞에 섰다. 히로메 옆에서 갈래머리를 한 유리가 생글거렸다.

'나를 데리고 온 가와구치는 누구일까?'

뿔 달린 투구를 쓰고 검은 갑옷을 입은 왜장이 말에서 내렸다.

"앗, 저 사람은?"

승이 입이 쩍 벌어졌다. 왜선에서 만났던 왜장이었다. 무서워 떨던 승이에게 용기를 준 바로 그 왜장이었다.

그가 승이를 보더니 알은척했다.

"주인님, 오셨습니까!"

하인들이 일제히 고개를 숙였다.

왜장이 성큼성큼 걸어서 대문 안으로 들어갔다. 그 뒤를 히로메와 유리가 나막신을 신고 따랐다. 왜장은 연신 흠흠 소리를 냈다. 하인들이 보는 앞이라 반가움을 애써 참는 듯했다. 두툼한 입술 끝이 움찔거렸다.

다음 날, 승이가 마당을 쓸고 있는데 지로가 시큰둥한 표정으로 다가왔다.

"야! 데루마!8) 주인님이 찾으셔."

지로가 등 뒤에서 알아듣지 못하는 욕지거리를 해댔다. 두터운 입술이 실룩거렸다.

가와구치가 지내는 안채로 들어갔다. 기름칠을 했는지 마루가 번들거렸다. 바닥이 미끄러워 넘어질 뻔했다. 늙은 하인이 기다렸다는 듯 방문을 열어 주었다. 다다미방이었다. 다소곳이 무릎을 꿇었다. 손바닥에 땀이 흥건히 고였다.

---

8) 데루마: 조선에서 끌려온 소년 포로. 나가사키 방언.

"잘 지냈느냐?"

"네……."

시간이 잠시 흐른 뒤, 가와구치의 눈치를 살피며 고향 소식을 물었다. 왜병은 언제나 두려운 적이었다. 승이의 가슴이 방망이질을 했다. 그래도 부모님의 안부를 물어야 했다.

"아버지와 가족이 무사한지 소식이 궁금합니다."

"부산에 가면 수소문해 보겠다."

가와구치가 짧게 대답했다.

승이는 가와구치를 향해 머리를 조아렸다.

"문자를 아느냐?"

"천자문과 소학을 익혔습니다."

"내 딸 유리에게 한자를 가르쳐라. 여자도 글을 알아야 하는 시대가 올 것이다."

조선 양반가의 여인들은 한자를 배우지 않았다. 그저 언문을 읽고 쓰는 정도였다. 그런데 가와구치는 유리에게 한자를 가르치라고 했다.

왜국에서도 세월은 흘렀다. 푸른빛이 돌던 산이 어느새 울긋불긋 붉은 단풍으로 물들었다. 산을 바라보고 있자니 고향이 그리웠다. 고향 산인 달음산과 대운산에는 유난히 밤나무가 많았다. 서당에서 공부를 마치면 밤을 주우려고 산에 올랐다. 만수가 작대기로 밤나무 가지를 흔들면 후드득 밤송이가 떨어졌다. 밤알을 주워가면 유모가 가마솥에 삶아 주었다. 껍질을 벗겨 먹으면 달콤하고 고소했다. 만수와 같이 앞니로 누가 더 빨리 껍질을 벗겨 내는지 내기도 했다.

아침저녁으로 선선한 바람이 불었다. 밤이 되면 귀뚜라미와 여치의 울음소리가 구슬프게 들렸다. 눈을 감고 풀벌레 소리를 듣고 있으면 고향에 와 있는 듯한 착각에 빠졌다. 가와구치는 다시 조선으로 갔다. 조선은 치열한 전쟁 중이라고 했다. 전쟁은 도무지 끝날 기미를 보이지 않았다.

지로가 나가사키 항구에 다녀오더니 턱에 힘을 잔뜩 주었다.

"소금에 절인 조선 사람들의 머리가 들어 있는 나무 궤짝이 산더미처럼 쌓였어."

승이가 들으라는 듯 목소리를 크게 내었다. 마치 전쟁에서 이기고 돌아온 장수처럼 의기양양했다. 지로가 한 말에 헛구역질이 올라왔다. 나가사키로 오는 배 안에서 나던 그 냄새가 코끝에 스쳐 갔다.

"히힛. 데루마가 겁먹었네. 그렇게 멍청히 서 있지 말고 장작이나 패. 네가 패야 할 장작이 뒷마당에 산더미처럼 쌓였다고."

지로는 휘파람을 불며 유유히 사라졌다. 승이의 얼굴이 일그러졌다. 당장이라도 지로를 흠씬 패주고 싶지만 승이는 지로를 상대하기에는 힘이 부족했다. 포로가 전쟁에서 이긴 나라의 사람을 팰 수는 없었다.

통나무가 뒷마당에 수북했다. 도끼를 들고 손목에 힘을 주었다. 그러나 통나무는 쉽게 쪼개지지 않았다. 조선에서는 도끼를 잡아 본 적이 없었다. 그러나 여기서는 눈뜨자마자 해야 할 일이 도끼질이었다. 손바닥 물집이 잡혔다. 물집이 터지고 상처가 아물면서 굳은살이 생겼다. 손바닥에 생기는 굳은살처럼 승이의 몸과 마음도 단단해져 갔다.

"야, 데루마! 아직도 그것밖에 못 했나?"

지로가 능글능글 웃었다.

"다 안 쪼개놓으면, 나한테 죽는 줄 알아라."

종주먹을 들이댔다. 승이는 지로를 쏘아보았다.

"포로 새끼! 네가 노려보면 어쩔 건데? 데루마 주제에!"

지로가 검지로 승이 미간을 툭툭 건드렸다. 주먹이 바르르 떨렸다. 어금니를 꽉 깨물었다.

"에고, 무서워라. 얼른 도망가야겠네. 히히."

깐죽거리던 지로는 제풀에 꺾여 마당을 나갔다. 얼마 지나지 않아 지로가 입술을 실룩거리며 다시 돌아왔다..

"야, 데루마! 유리 아씨가 부르셔. 쳇!"

승이 발 앞에 가래침을 탁! 뱉었다. 배알이 꼬여도 한참 꼬인 모양이었다.

유리가 지내는 별당으로 갔다. 방문이 반쯤 열려 있었다.

"오빠, 여기 앉아. 헤헤."

유리가 두툼한 솜 방석을 꺼내며 살갑게 굴었다. 나지막한 책상 위에 서책이 여러 권 놓여 있었다. 천자문이었다. 가와구치가 조선에서 가져온 모양이었다. 누런 표지가 번들거렸다.

"아버지가 오빠한테 한자를 배우래."

유리가 천자문 서책을 건네주었다. 조선에서 온 것이어서 그런지 반가웠다. 서책을 손바닥으로 쓸다가, 코를 들이대고 킁킁 냄새를 맡았다. 고소한 들기름 냄새가 났다. 유리가 승이 행동을 보며 깔깔거렸다.

천자문 첫 장을 펼쳤다.

“유리, 나를 따라 해.”

“응, 알았어. 오빠.”

유리는 말끝마다 오빠라면서 따랐다.

“하늘 천(天), 따 지(地), 검을 현(玄), 누를 황(黃).”

승이가 먼저 소리 내어 읽었다. 승이는 마치 훈장이 된 기분이었다.

“하늘 천(天), 따 지(地), 검을 현(玄), 누를 황(黃).”

앵무새처럼 따라 읽던 유리가 갑자기 입을 쩍 벌리더니 하품을 해댔다.

“아버지는 왜 이런 재미없는 공부를 하라고 하는지 모르겠어. 힝, 밖에 나가자.”

“안 돼. 공부해야 해.”

유리 입술이 삐뚜름해졌다.

“히잉, 조금만 놀자. 공부는 딱 질색이야.”

유리가 나가자고 보챘다.

“보여줄 곳이 있단 말이야. 오빠는 여기가 답답하지도 않아?”

유리가 자꾸 부추겼다. 보여주고 싶은 게 뭔지 궁금하기도 했다. 유리 손에 이끌린 승이는 마지못해 밖으로 나갔다.

5. 조선인 도예 마을

안채를 벗어났다. 가와구치 왜장의 별당은 돌담으로 둘러싸여 있었다. 배롱나무 뒤로 돌아가니 밖으로 나가는 쪽문이 있었다. 몸을 구부려 빠져나왔다.

쪽문을 벗어나 숲으로 들어가니 향긋한 풀냄새가 코에 닿았다. 풀벌레 소리도 귀를 간질였다.

'작년 이맘땐 계곡으로 단풍놀이를 갔었는데…….'

만수와 함께 계곡물에 들어가 물고기를 잡던 기억이 아스라이 떠올랐다.

만수가 그물을 펼치니, 버들치와 피라미가 떼를 지어 들어왔다. 만수는 좋아서 히죽거렸지만 승이는 물고기들이 불쌍해서 몰래 살려 보냈다. 만수가 알고 펄쩍 뛰던 일이 생각나서 풋, 웃었다.

유리가 산등성을 타고 위로 올라갔다. 한 발 한 발 디딜 때마다 찐득한 흙이 발바닥에 달라붙었다.

"빨리 와. 어서!"

'도대체 뭘 보여주려는 거야?'

집이 점점 멀어질수록 심장이 쿵쿵거렸다. 가와구치가 이 사실을 안다면 불호령이 떨어질 게 뻔했다.

"유리, 그만 돌아가자. 집에서 많이 벗어났어."

"거의 다 왔어. 조금만 더 가면 돼."

유리는 빠른 걸음으로 산을 탔다. 한두 번 와 본 길이 아닌 듯했다.

"저기야!"

유리가 손가락으로 구릉9)에 자리 잡은 초가마을을 가리켰다. 지붕 위에 연기가 모락모락 피어오르는 풍경이 낯설지 않았다.

---

9) 구릉: 땅이 비탈지고 조금 높은 곳.

마을로 들어가는 입구에 오래된 팽나무가 서 있었다. 황갈색 단풍이 든 잎사귀가 바람에 나부꼈다. 바람이 불 때마다 손톱만 한 붉은 열매들이 우두둑 땅으로 떨어졌다. 승이는 열매를 주워 입 안에 넣었다. 달콤했다. 고향의 팽나무가 생각났다.

"이 통나무 다리만 건너가면 돼."

송골송골 이마에 맺혀 있는 땀을 옷소매로 닦으며 유리가 말했다.

개천 위로 긴 통나무가 걸쳐져 있었다. 통나무 다리는 폭이 좁아 겨우 한 사람만 지나다닐 수 있었다. 유리는 양팔을 벌리고 나풀나풀 나비처럼 걸었다. 승이는 그 뒤를 따라갔다. 통나무 다리 밑을 내려다보았다. 며칠 전 폭우가 내려서인지 물살이 거세었다.

다리를 건너자 드문드문 사람이 눈에 띄었다. 지게에 흙을 지고 가는 사람, 자루를 어깨에 메고 가는 사람……. 다들 지쳐 보였다.

산비탈에는 국그릇을 엎어놓은 듯한 가마가 여러 개 있었다.

'도예마을?'

고향의 도예마을을 그대로 옮겨다 놓은 듯했다. 예전에 서당 친구들과 도예마을에서 놀다가 도자기를 깨뜨려 공방 어른께 혼쭐나던 게 떠올랐다.

허리에 칼을 찬 경비병이 유리를 보더니 쏜살같이 달려왔다. 경비병은 승이를 의심스러운 눈빛으로 노려보았다. 승이는 어깨를 움츠렸다.

"아가씨, 어쩐 일이세요?"

"헤헤, 오빠에게 도예마을 구경시키려고."

유리가 하얀 이를 드러내며 해맑게 웃었다. 승이는 유리 옆에 엉거주춤 똥 마려운 강아지처럼 서 있었다. 경비병의 눈썹이 송충이처럼 꿈틀거렸다.

"주인님이 아시면 큰일 나요. 어서 돌아가세요."

"싫어!"

유리가 입을 삐죽거렸다.

"공방 보여줄게. 따라와."

유리가 승이의 손을 잡아끌었다.

경비병만 왜인이지 그곳 사람들 대부분이 조선 포로들이었다. 아침저녁으로 쌀쌀한데도 모두 삼베옷을 입고 있었다. 천을 덧대어 꿰맨 옷은 누더기나 다름없었다.

'혹시 이곳에 만수가 있지 않을까?'

승이는 오고 가는 도공들을 하나하나 눈여겨보았다. 그들도 힐 긋힐긋 승이를 쳐다보았다. 왜인 옷을 입고 머리를 짧게 위로 묶은 승이를 아무도 조선 아이라 여기지 않을 것 같았다.

도공들은 지붕에 매달아 놓은 줄을 잡고 맨발로 진흙을 밟았다. 하나같이 발뒤꿈치가 쩍쩍 갈라져 있었다.

건조장 안으로 들어가니 크고 작은 도자기들이 층층이 쌓여 있었다.

"아버지가 도공들을 조선에서 데리고 왔어. 우리나라 도공이 조선 도공에게 기술을 배우기도 해. 우리 공방에서 만든 도자기가 유럽까지 팔려나간대."

승이는 조선의 도자기를 왜국 영주들이 귀히 여긴다는 얘기를 아버지에게 들은 적이 있었다.

"유럽이 어디에 있지?"

"어머니가 그러시는데, 여기서 아주 멀대. 범선을 타고 일 년을 가야 한다고 했어."

'그렇게 멀어?'

벌어진 승이의 입이 다물어지지 않았다.

유리가 도자기 하나를 승이에게 건넸다. 막사발처럼 생겼는데, 겉이 모래알을 뿌려 놓은 듯 거칠었다. 기품 있는 조선의 도자기는 아니었다. 왜인들은 투박한 도자기를 좋아하는 듯했다.

"멋있지? 모두 아버지 보물이야. 헤헤."

유리가 양손으로 도자기를 감쌌다.

물동이를 진 아이가 승이를 스치고 지나갔다. 어디선가 본 듯한 얼굴이었다.

'앗, 서답골 달복이!'

승이는 뒤쫓아 가서 아이의 어깨를 잡았다.

"너, 달복이지?"

아이가 깜짝 놀라 돌아보았다.

"달복이 맞구나."

처음 만났을 때보다 눈이 휑한 것이 말라 보였다. 달복이가 승이의 달라진 옷차림과 머리 모양 때문에 알아보지 못하고 뒷걸음을 쳤다.

"나 모르겠어? 조선에서 배 타고 올 때, 네 옆자리에 앉았던 승이."

달복이는 그제야 경계를 멈추고 승이를 위아래로 훑어보았다.

"여기 어떻게 들어온 거야?"

주위를 둘레둘레 살피면서 조선말로 조그맣게 물었다. 유리는 두 사람 얼굴을 번갈아 보더니, 승이를 향해 벙싯거렸다.

"누구?"

"조선에서 같은 배를 타고 왔어."

"그럼, 둘이 친구야? 헤헤."

유리가 달복이를 보고 소리내 웃었다. 달복이 얼굴이 빨개졌다.

경비병이 다가오고 있었다. 눈치 빠른 유리는 눈을 슴벅거리며 경비병이 있는 쪽으로 쪼르르 달려갔다. 달복이는 입을 꾹 다물었다.

경비병이 보이지 않게 되자, 달복이가 입을 열었다.

"포구에 도착하자, 도공 기술이 있는 사람은 손을 들라고 했어. 아버지가 도공이라고 말했지. 그랬더니 잔심부름이라도 시킨다며 이 마을로 끌고 왔어. 그런데, 너는?"

달복이가 되물었다. 승이도 그동안 있었던 일을 이야기해 주었다. 둘 다 힘든 세월이었다.

그 뒤로 승이는 유리와 같이 가끔 도예마을에 놀러 왔다. 고향이 그리울 때면 달복이를 찾아와 잠시나마 외로움을 잊었다.

"히이잉, 히이잉~~."

말 우는 소리에 승이는 잠이 깼다. 한밤중에 마차가 문밖에서 기다리고 있었다. 유리와 히로메가 쫓기듯 집을 빠져나갔다. 승이가 따라 나가서 마차에 오르는 유리에게 물었다.

"무슨 일이 있는 거야? 어디로 가는 거야?"

"나도 모르겠어. 아버지가 오사카 외갓집에 가 있으라고 했대."

유리 옆에 앉은 히로메가 말했다.

"곧 돌아올 것이니, 너무 걱정하지 마라."

불길한 느낌이 들었다. 좋은 일로 오사카 외가에 가는 것 같지는 않았다. 승이는 마차가 보이지 않을 때까지 둘을 지켜보았다.

다시 방으로 돌아와 누웠지만 지로의 코 고는 소리 때문에 잠을 청할 수가 없었다. 어젯밤 지로에게 맞아서인지 등도 욱신거렸다. 어스름한 새벽이 올 때까지 뒤척거렸다.

방문을 열고 밖으로 나왔다. 나뭇잎들이 바람결을 따라 이리저리 돌아다녔다. 어제는 첫눈이 내렸다.

고개를 들고 달을 보니 고향에 있는 가족 생각이 간절히 났다.

달은 아버지 얼굴이 되었다가 어머니의 얼굴이 되고 순이 얼굴이 되었다. 전쟁은 아직도 끝나지 않았고, 두 달 전 출병했던 가와구치도 아직 돌아오지 않았다. 가와구치가 돌아오면 유리를 통해서 고향 소식을 간간이 들을 수 있었는데…….

조선의 상황을 알 길이 막막했다. 부모님은 살아 계실까? 전쟁으로 사람들이 많이 죽었다는데……. 그때 지로가 씩씩거리며 밖으로 나왔다.

"노예 놈이 뭐 하는 거야?"

'데루마'라 하더니 이제는 대놓고 노예라고 했다. 지로가 승이 가슴팍을 발로 찼다. 피할 겨를도 없었다. 뒤로 벌러덩 넘어졌다. 무슨 일로 그렇게 화가 났는지 발길질은 그치지 않았다. 옆구리가 차이고 다리 정강이가 차였다. 그래도 분이 풀리지 않았는지 발길질이 다시 얼굴로 날아왔다. 입술이 터져 피가 흘렀다. 주먹 쥔 손이 부들부들 떨렸다.

'더는 못 참겠어.'

성난 황소처럼 달려들었다. 지로가 가슴을 움켜쥐며 앞으로 고꾸라졌다. 지로에게 억울하게 당한 일이 한꺼번에 떠올랐다.

승이 눈동자에서 불꽃이 튀었다.

"지로 새끼! 죽여 버릴 거야!"

조선말로 고래고래 고함을 치며 장작을 집어 들었다. 손이 떨리고 다리가 후들거렸다. 승이는 지로를 향해 장작을 마구잡이로 휘둘렀다. 지로가 고래고래 소리쳤다.

"노예 새끼가 사람 잡는다! 사람 살려!"

하인들이 하나둘씩 마당으로 모여들었다. 승이는 아차 싶었다. 그러나 엎어진 물이었다. 승이 편을 들어줄 유리도 없었다. 살려면 줄행랑을 쳐야 했다.

장작을 마당에 내던지고 뒷문으로 쏜살같이 달아났다. 유리와 수십 번도 넘게 넘나들던 돌담으로 뛰어갔다. 담 아래에는 넓적한 돌이 켜켜로 놓여 있었다. 승이는 돌을 디디고 올랐다. 오늘따라 담은 유난히 높았다. 아무리 가랑이를 벌려도 한쪽 발이 담 위에 걸쳐지지 않았다. 결국 바닥으로 고꾸라졌다.

"저놈 잡아라! 노예 새끼 잡아라!"

하인들이 소리를 지르며 쫓아왔다. 하인 중 한 명이 뒷덜미를 낚아채려고 할 때, 간신히 돌담을 넘어 숲으로 내달았다.

'어디로 가야 하지?'

승이는 죽은 나무뿌리 뒤에 숨었다.

윙윙거리는 바람 소리가 귀신 우는 소리처럼 들렸다. 도깨비가 낙엽을 뒤집어쓰고 나올 것만 같았다. 승이는 너무 추워서 낙엽을 긁어모아 다리를 덮었다.

'바람에 실려서라도 어머니한테 갈 수 있다면……'

휘이잉 휘이잉, 세찬 바람이 자신을 고향으로 날려 보내 줄 것만 같았다. 까마귀들이 떼를 지어 우르르 날아갔다.

전쟁은 왜 일어난 것일까? 임금님은 무엇을 하고 있었을까? 조선에서는 왜 포로들을 데리러 오지 않는 것일까? 승이는 눈물을 삼키며 꺼이꺼이 서럽게 울었다.

'이 산에는 늑대가 많다고 유리가 그랬는데……'

당장 등 뒤에서 늑대가 달려들 것만 같았다.

'달복이를 찾아가야겠어.'

승이는 도예마을 쪽으로 풀을 헤치며 달려갔다. 가시넝쿨이 팔다리를 마구 할퀴었다.

좌르르 좌르르, 물소리가 들려왔다. 통나무 위를 나비처럼 걷던 유리가 생각났다.

승이는 달복이의 막사로 휘청휘청 올라갔다. 다리에 힘이 없어 몇 번을 바닥에 주저앉았다. 다행히 경비병이 보이지 않았다.

막사에 들어간 적이 있었다. 달복이는 땅바닥에 가마니를 깔아 놓은 방에서 생활하고 있었다.

'세 번째 방.'

첫째 방을 지나가고, 두 번째 방을 지나고, 세 번째 방 앞에서 멈췄다. 가마니를 젖히고 방 안으로 들어갔다. 달빛이 뒤따라 들어왔다. 방에는 대여섯 명의 도공이 얽혀서 자고 있었다. 도공들의 얼굴이 달빛에 희미하게 보였다. 발 고린내가 진동했다. 승이는 집게손가락으로 코를 쥐었다.

달복이는 벽 쪽에 바짝 붙어서 곤히 자고 있었다. 승이는 숨소리마저 죽이고 무릎걸음으로 달복이에게 다가갔다.

"달복아."

달복이 귀에 입술을 바짝 대고 속삭이듯 불렀다.

"나야, 승이."

달복이는 부스스 일어났다. 승이인 걸 눈치챈 달복이가 승이의 입을 틀어막았다. 둘은 살금살금 바깥으로 빠져나왔다.

달복이는 가마로 승이를 데리고 갔다. 지난번 유리와 왔던 곳이었다.

"들어와."

달복이가 가마굴 문을 열었다. 열기가 훅 끼쳤다.

"며칠 전 도자기를 구웠어."

꽁꽁 언 몸이 스르르 녹았다. 달복이는 승이가 올 것을 알고 있
었는 듯 놀라지도 당황하지도 않았다.

6. 마테오 신부님

"가와구치 님이 붙잡혀서 교토로 압송됐대."

"압송되었다고? 왜?"

"그 이유는 나도 잘 몰라."

"유리와 히로메가 오사카 외가에 간 것도 그래서일까?"

승이는 앞으로 어떤 일이 닥칠지 몰라 두려웠다.

"이제 어떻게 하려고?"

"나도 모르겠어. 지로 그 자식한테 더는 맞고 살 수 없어. 나쁜 자식! 조선으로 갈 거야."

"뭐?"

지로에게 맞고 산 지난 세월을 생각하니 분통이 터졌다.

"조선이 강 건너에 있는 줄 아니? 여긴 왜국이야. 운이 좋아 도예마을을 빠져나간다고 해도 왜인들한테 금방 붙들려."

"그래도 갈 거야! 조선으로 갈 거라고!"

승이가 짐승처럼 울부짖었다. 고달픔과 서러움이 쌓여 울음이 그치지 않았다.

유모 아들 만수가 떠올랐다. 만수 말을 듣는 게 아니었다. 왜병 조총에 맞아 죽더라도 조선에 있어야 했다. 포로로 끌려와서 노예처럼 사느니 고향 어머니 품에 있는 게 나았다.

유리가 오사카로 떠나기 전, 조선의 소식을 전해 주었었다. 기장과 울산, 서생포에는 왜성이 세워졌다고 했다. 그렇다면 기장읍도 왜적의 손에 들어갔다는 말이다.

"곧 도공들이 일어날 거야."

달복이는 가마굴 문을 열고 밖을 내다보았다. 공벌레처럼 몸을 웅크리고 있던 승이가 얼굴을 들었다.

"포로인 우리가 몸을 숨길 곳이 있을까?"

달복이가 안타까운 눈빛으로 바라보았다.

"그럼 어떡해? 집은 안 돼. 지로와 하인들한테 맞아 죽을 거야."

그들에게 포로의 목숨은 벌레 목숨처럼 하찮았다. 한참을 고민하다가 달복이가 말했다.

"네가 갈 곳은 동굴교회뿐이야. 마테오 신부님을 찾아가."

"신부님?"

달복이가 고개를 끄덕였다.

"내 말 잘 들어. 도예마을 사람들은 서양 신인 예수를 믿어."

"예수? 당산나무 할매신 같은 거?"

"하느님의 아들이지."

"탈출한 포로를 도와주면 신부님도 무사하지 못할 텐데……."

달복이는 또래지만 신중하고 어른스러웠다. 포로 생활도 잘 이겨냈다. 가끔 조선에 두고 온 동생 웅이가 걱정되어 우울할 때도 있지만, 금방 툴툴 털고 일어났다.

"마테오 신부님이 그러셨어. 하느님이 모세를 통해 히브리 노예들을 이집트에서 탈출시키셨대. 우리 조선 포로들도 반드시 구해 주실 거야."

승이는 무슨 말인지 도통 이해할 수 없었다. 그러나 살려만 준다면 서양신이든 할매신이든 상관없었다. 무슨 일이 있어도 살아남아야 한다는 아버지 말이 귓전에 맴돌았다. 살아 있으면 아버지가 꼭 찾아올 것이다.

"조선 포로들은 가끔 동굴교회에 모여서 예배를 드려. 그들 중에 기장에서 붙들려 온 형이 있어. 나보다 한 살 많아. 가와구치 님 심부름을 하다가 몇 번 만나게 되었어. 동굴교회에 가면 조선 사람들과 고향 얘기도 나눌 수 있어. 동이 트기 전에 막사로 돌아가야 해. 내가 없어진 것을 알면 경비병들이 수상하게 여길 거야."

둘은 가마굴 밖으로 조심스럽게 빠져나왔다.

"맨발이구나."

달복이가 짚신을 벗어서 승이에게 신겨 주었다.

"신이 벗겨진 줄도 몰랐네. 넌 어쩌려고?"

"괜찮아. 짚만 있으면 금세 신을 만드는 아재가 있어. 히힛."

겨울이 닥치면 신을 겹으로 신어도 시릴 텐데 달복이는 그 귀한 걸 선뜻 내주었다. 승이가 고맙다고 하자 어려울수록 돕고 사는 거라며 어른처럼 말했다.

바람이 불어오자 억새밭이 파도처럼 출렁거렸다.

"여기서부터는 너 혼자 가야 해. 이 길로 곧바로 가면 삼나무 숲이 나와. 북쪽으로 걸어가면 폭포가 나올 거야. 동굴교회는 폭포 뒤에 있어. 마테오 신부님이 분명 너를 도와주실 거야. 내 말을 믿어."

달복이가 바지춤 안에 있는 주머니에서 십(十)자 모양의 작은 도자기를 꺼내어 승이 손에 쥐여주었다.

"무사하길 기도할게. 시간 없어. 어서 뛰어!"

달복이가 승이의 등을 냅다 떠밀었다.

"동굴교회에서 만나자."

승이는 달복이가 가르쳐 준 대로 길을 따라 달렸다. 동이 트고 있었다.

뛰다가 걷다가를 반복하면서 삼나무 숲에 이르렀다. 산까치들이 이 나무 저 나무로 날아다니며 가지에 얹힌 눈가루를 떨어트렸다.

사람들이 웅성거리는 소리가 들렸다.

"데루마 잡아라! 도망친 노예가 저기 있다."

승이를 잡으러 온 하인들이었다. 지로 목소리가 제일 크게 들렸다. 빨리 달아나야 하는데 발이 떨어지지 않았다. 누군가가 발목을 꼭 붙잡고 있는 듯했다.

'빨리 도망쳐야 해. 여기서 붙잡히면 끝이야!'

삼나무 숲으로 깊이 들어갔다. 지로를 피하려고 무조건 달렸다. 달복이가 준 짚신이 벗겨졌지만 줍지도 못했다. 날카로운 돌멩이가 발바닥을 쿡 찔렀다. 숨이 차서 달릴 수가 없었다. 승이는 바닥에 주저앉아 가슴을 부여잡고 헉헉거렸다.

삼나무 숲은 대낮인데도 어두웠다. 늑대가 허연 송곳니를 드러내며 덮칠 것만 같아 몸을 움찔거렸다.

앞을 봐도 옆을 봐도 온통 삼나무뿐이었다. 삼나무잎 사이사이로 가느다란 빛이 내려와 어른거렸다.

'만수라면 어떻게 했을까?'

만수가 한 말이 머리를 스치고 지나갔다.

'산에서 길을 잃은 만수가 다음 날 온 적이 있었어. 그때 나뭇가지가 뻗은 것을 보고 방향을 알았다고 했는데…….'

고개를 젖히고 위를 쳐다보았다. 삼나무 가지는 한 방향으로 뻗어 있었다.

'가지가 뻗은 쪽이 남쪽이야. 그렇다면 북쪽은 반대쪽?'

북쪽으로 걸음을 내디뎠다. 뱃속에서 꼬르륵 소리가 났다. 낙엽 사이에 새까만 까마중이 흩어져 있었다. 승이는 까마중 몇 알을 입에 털어 넣었다. 시금털털했다.

도토리가 보이자 얼른 주워서 앞니로 껍질을 벗겼다. 도토리를 씹으면서 풀숲을 헤쳤다. 붉은색 버섯이 보였다. 버섯을 따서 우걱우걱 씹었다. 버섯이든 도토리든 씹을 수 있는 것은 모조리 입 안에 털어 넣었다. 배가 고팠다.

'왜 이렇게 숲을 벗어나지 못하는 걸까? 길을 잘못 들었나?'

아무래도 같은 길을 뱅글뱅글 돌고 있는 듯했다. 달복이 말대로라면 벌써 삼나무 숲을 벗어나야만 했다. 다행히 하인들을 따돌렸는지 삼나무 숲은 조용했다.

산길을 걷던 승이는 창자가 꼬이듯 배가 아팠다. 위가 거꾸로 뒤집히는 듯했다. 토악질은 멈추질 않았다. 눈앞이 노랬다.

'물, 물, 물⋯⋯. 물을 먹고 싶어.'

갈증이 났다. 아픈 배를 움켜쥐고 물을 찾았다. 땅거미가 지고 어둠이 세상을 덮었다.

"콸콸, 콸콸⋯⋯."

물소리가 들렸다. 뱀처럼 바닥을 기었다. 물소리가 가까워졌다. 물을 마시려고 손을 뻗다가 끝을 알 수 없는 절벽으로 떨어졌다.

"으악!"

비명이 컴컴한 어둠을 뚫었다.

해가 뜨고 지기를 몇 번이나 했을까?

물방울이 입안으로 들어왔다. 입을 벌려 물을 받아마셨다. 차가운 물방울이 얼굴에 똑똑 떨어졌다. 눈을 뜨자, 누군가가 승이를 내려다보고 있었다. 커다란 눈동자가 파랗기까지 했다.

'늑, 늑대다!'

소리를 지르려고 해도 목소리는 나오지 않았다. 달아나려 했지만 다리가 움직여지지 않았다. 내려다보니 오른쪽 다리가 무명 헝겊으로 꽁꽁 싸매어 있었다.

파란 눈이 말했다.

"절벽에서 떨어졌어."

어눌한 조선말이었다. 정신이 번쩍 들었다.

"마, 마테오 신부님?"

입술만 달싹거렸다.

"나, 마테오 신부."

"동굴교회?"

마테오 신부가 고개를 끄덕였다.

'도자기로 만든 십자가를 보여드려야 해.'

더듬더듬 바지춤을 뒤졌다. 그걸 본 마테오 신부가 빙그레 웃
었다.

"이걸 찾아?"

마테오 신부가 십자가 도자기를 들고 흔들었다.

"십자가가 어떻게?"

"너, 십자가 손에 꼭 쥐고 있었어."

마테오 신부는 도자기 십자가를 승이 손에 다시 쥐여주었다.

절벽 아래로 떨어지면서 마지막이라고 생각했다. 할매신이든
예수신이든 살려만 달라고 기도했다. 아마 그때였나 보다. 나뭇
가지에 걸렸다가 땅으로 툭 떨어진 것이.

'신기한 경험이었어. 누군가가 절벽에서 떨어진 나를 받쳐주는
것 같았어. 할매신이었을까, 달복이가 말한 예수였을까?'

"하느님 은혜야."

마테오 신부가 승이를 둘러업었다.

마테오 신부의 등은 크고 넓었다. 어머니 등에 업힌 것처럼 편
안했다.

7. 만수를 만나다

바깥바람이 한결 누그러졌다. 폭포에서 떨어지는 물소리도 점점 커졌다. 천장에서 물방울이 똑 승이 정수리에 떨어졌다. 물은 얼음물처럼 차가웠다.

관솔불[10]이 동굴교회의 어둠을 밝혔다. 소나무 기름 타는 냄새가 콧구멍 안으로 들어왔다. 고향의 사랑방에서 나는 냄새였다. 아버지는 여기까지 찾아올 수 있을까?

마테오 신부가 오른쪽 다리를 감싸고 있던 무명 헝겊을 풀었

---

10) 관솔불: 송진이 엉긴 소나무의 가지나 옹이를 관솔이라고 한다. 예전에는 관솔에 불을 붙여 촛불이나 등불 대신으로 썼다.

다. 상처에서 붉은 새살이 돋아나고 있었다. 마테오 신부는 승이를 보며 인자하게 웃었다.

"승이! 하느님 은혜!"

승이도 "하느님 은혜!" 하며 싱긋 웃었다.

마테오 신부가 승이 상처에 약을 발라 주었다. 신이 있다면, 마테오 신부 같은 분일 거라는 생각이 들었다.

"예수가 조선 포로들을 구해 줄까요?"

승이가 물었다. 조선으로 돌아갈 수만 있다면 손바닥이 닳도록 하느님께 빌고 또 빌 것이었다.

마테오 신부의 눈이 커다래졌다. 말귀를 못 알아들었는지 고개를 갸웃거렸다.

"기도하면 하느님이 포로들을 조선으로 보내 주냐고요."

승이가 다시 물었다. 조선을 머릿속에 떠올리기만 해도 어머니가 보고 싶어 미칠 지경이었다. 왜국에 온 지도 일 년이 되어갔다.

"조선으로 돌아가는 그날은 언제일까요?"

신부는 그제야 말뜻을 알았는지, 고개를 끄덕이며 가슴에 십자가를 그었다.

마테오 신부가 아침부터 동굴 안을 싸리비로 쓸었다. 그러고는 볕에 잘 말린 가마니를 바닥 여기저기에 깔았다. 벽면에는 일정한 거리를 두고 관솔불도 피웠다. 동굴 벽을 타고 그을음이 올라갔다. 송진 기름 냄새가 동굴 안에 가득했다.

"오늘 밤, 신도들이 와."

마테오 신부는 예배드리러 오는 사람을 '신도'라고 불렀다. 똑똑 물소리만 들리던 동굴교회에 사람들 발소리가 잦아들기 시작했다.

신부는 동굴 입구에 서서 들어오는 신도들을 힘껏 안아 주었다. 아프다고 엄살을 떨었지만 얼굴에는 웃음이 돌았다. 신부의 얼굴에도 웃음이 가득했다.

신도들은 바닥에 깔아 놓은 가마니 위에 앉았다. 스무 명 남짓 되었다. 오른쪽에는 남자 신도가 앉고 왼쪽에는 여자 신도가 앉았다. 그들은 서로의 안부를 묻느라 바빴다.

조선말로 떠드는 소리를 듣고 있자니 눈물이 쏟아졌다. 옷소매로 눈물을 훔치며 포로들을 살피면서 달복이가 왔는지 살폈다.

신도들은 밤에 몰래 나와서 예배를 드릴만큼 하느님을 만나고 싶었나 보다. 하느님을 믿다가 들키기라도 하면 매를 맞다가 죽

을 수도 있다고 신부가 얘기했다. 목숨을 걸고서라도 예배를 드리는 것이 승이는 이해가 되지 않았다.

'달복이도 올까? 경비병 눈을 피하기가 쉽지 않을 거야.'

도예마을에서 헤어진 뒤로 만나지 못했다. 그러나 달복이는 예배가 시작된 지 한참이 지나도 오지 않았다. 달복이를 만나면 유리가 어떻게 되었는지 꼭 물어볼 생각이었다. 유리도 하느님을 믿었을까? 유리는 승이에게 서양 신에 대해서 말하지 않았다.

신부님 앞에는 나무 탁자가 놓여 있고, 그 위에는 손바닥만 한 예수 조각상이 올려 있었다. 예수 조각상은 동굴 안에도 곳곳에 있었다.

예수는 하느님의 아들이며 사람들을 죄에서 구원하기 위해 오셨다고 했다. 머리에는 가시가 삐죽삐죽 솟아오른 띠를 둘렀고, 손과 발에는 못이 박혀 있었다. 무슨 몹쓸 죄를 지었기에 저런 형벌을 받았을까? 그러나 예수의 표정은 너무나 평안해 보였다.

'예수가 조선 포로를 구한다고? 십자가 형틀에 묶여 있으면서?'

승이는 아랫입술을 깨물었다. 신부님과 달복이 말을 믿을 수가 없었다. 그러나 예수 조각상을 마주하고 있으면 마음이 편안했다. 근심이 사라지는 듯했다.

　신부님과 신도들이 중얼거렸다. 신도들은 고개를 숙인 채 '아멘'이라는 말을 계속 내뱉었다. 그때, 헐레벌떡 가쁜 숨을 몰아쉬며 동굴교회로 뛰어드는 사람이 있었다.

　만수였다. 승이는 소스라치게 놀랐다. 달복이가 말한 형이란 사람이 만수라니 눈으로 보고도 믿어지지 않았다. 승이가 태어나기 전, 아버지는 천년만년 살라고 만수란 이름을 지어 주었다고 했다.

　꿈인가 생시인가 싶어 손등으로 눈을 비볐다. 그러나 겅중겅중 걷는 걸음걸이며 행동거지 하나하나가 영락없는 만수였다.

　두리번거리던 만수가 예배 중임을 눈치채고 동굴 입구에 자리를 잡았다. 예배는 계속 이어졌다.

　마음이 조급해서인지 시간이 더디게 흘렀다. 입안이 바싹바싹 말랐다. 승이는 참을 수가 없어 엉덩이를 밀어 만수에게 가까이 갔다. 만수는 신부님만 뚫어져라 보고 있었다.

　드디어 예배가 끝났다. 신부님이 포로들을 향하여 말했다.

　"예수님이 보내 주었어."

　마테오 신부가 승이를 가리키며 웃었다. 신도들의 눈이 일제히 승이에게 쏠렸다. 만수도 고개를 돌렸다. 승이와 만수의 눈이 마주쳤다.

"만수야!"

승이가 먼저 만수를 불렀다.

"도, 도련님?"

만수도 놀랐는지 입을 벌린 채 승이를 보기만 했다. 그러더니 승이를 끌어안고 꺼이꺼이 울었다.

"왜 이제야 나타났어. 내가 그동안 얼마나 무서웠는 줄 알아?"

승이는 응석받이 동생이 되어서 흐느꼈다. 꾹꾹 눌렀던 설움이 북받쳐 올랐다.

"도, 도련님, 살아 있었어요? 저는, 저는 도련님이 돌아가신 줄 알았어요. 저만 살아서 조선에 돌아가면 무슨 낯으로 마님을 만날지, 차라리 죽고 싶었답니다. 그런데 여기 계실 줄은……."

만수는 목이 메어 말을 잇지 못했다. 승이가 만수의 얼굴을 어루만졌다. 지켜보던 신도들이 눈물을 훔쳤다.

마테오 신부가 두 사람의 손을 맞잡았다.

"하느님 은혜야. 하느님 은혜야."

신부님과 신도들이 만수와 승이를 빙 둘렀다. 모두 무릎을 꿇고 손을 모았다.

　신도들은 신부님을 따라서 기도문을 외웠다. 기도 소리가 메아
리처럼 동굴에 울려 퍼졌다.

동굴 입구에 새벽의 푸른빛이 감돌았다. 신도들이 가야 할 시
간이었다.

신도들은 다음 예배를 기약하며 서둘러 동굴교회를 빠져나갔
다.

8. 도망자

마테오 신부는 관솔불을 끄느라 동굴교회 안을 분주히 다녔다. 불빛이 동굴 밖으로 새어 나가면 큰일이었다. 꺼진 불에서 하얀 연기가 맴돌았다. 만수가 관솔불을 하나 들고 와서 승이 옆에 두었다. 그제야 만수는 승이의 다리를 자세히 보게 되었다.

"도련님, 어쩌다가 다리를 다쳤어요?"

만수가 헝겊으로 감싼 승이의 다리를 만지며 물었다. 금세 굵은 눈물방울이 뚝뚝 떨어뜨렸다.

"도련님, 어쩌다 여기까지 오게 되셨어요?"

승이는 나가사키 포로 시장에서 가와구치 왜장의 집으로 팔려

간 일, 도예마을에서 달복이라는 도공의 아들을 만나게 된 일, 승이를 도와주던 가와구치에게 나쁜 일이 생겼는지 히로메와 유리가 오사카로 떠난 일, 지로에게 괴롭힘을 당하던 일, 절벽에서 떨어져서 다리를 다친 일들을 들려주었다.

만수는 안쓰러운 눈빛으로 승이를 바라보았다. 여기까지 오면서 얼마나 견디기 힘들었을까를 생각하니 가슴이 찢어지는 듯했다.

그때 마테오 신부가 가까이 와서 두 사람 사이에 끼어들었다.

"무슨 이야기를 했어?"

"신부님 이야기했어요. 히히. 마테오 신부님을 처음 봤을 때 도깨비인 줄 알았다고."

승이 말에 신부님이 허허허 웃었다.

"만수는 여기 왜 온 거야?"

마테오 신부가 묻자, 그제야 정신을 차리고 가슴 깊숙한 곳에서 편지를 꺼냈다.

"야마타 님이 급하다고 했는데……."

관솔불 아래에서 야마타의 편지를 읽던 마테오 신부 표정이 딱딱하게 굳었다. 언제나 침착하던 신부님이 편지를 읽은 뒤로는 안절부절못했다.

"야마타 님을 만나야 해. 승이는 어쩌지?"

"내가 돌볼게요. 걱정하지 마시고 다녀오세요."

"만수, 승이 부탁해."

마테오 신부는 서둘러 동굴교회를 빠져나갔다.

승이가 걱정스러운 눈빛으로 만수를 바라보았다.

"야마타가 누구야? 혹시 조선 포로들을 도와주는 사람?"

"도련님도 눈치가 빨라지셨네요. 야마타는 이노우 영주의 무사인데, 기리시탄[11]이에요. 조선 포로들에게 위험이 닥치면 찾아와서 해결해 주는 고마운 사람이지요."

만수의 말을 듣자, 승이는 왜장 가와구치를 떠올렸다.

"왜인이라고 다 나쁜 건 아니야. 가와구치도 유리도 히로메도 내겐 좋은 사람이었어."

관솔불이 일렁일렁 바람에 흔들렸다. 바위 틈새로 차가운 바람이 들어왔다.

"편지에 무엇이 쓰여 있기에, 신부님이 부리나케 나가신 걸까?"

---

11) 기리시탄: 일본 에도 시대의 기독교 신자를 가리키는 말

"그러게요."

만수의 표정도 어두웠다. 시간이 한참 흐른 뒤에 승이가 입을 열었다.

"궁금한 게 있어. 너, 서생포에서 왜 갑자기 사라진 거야? 내가 얼마나 찾았는지 알아?"

승이가 따지듯이 물었다.

"왜놈이 입을 막고 끌고 가는 바람에……. 너무 갑작스러운 일이었어요. 뒤돌아보니 도련님이 바닥에 넘어진 채 왜병에게 매를 맞고 있었어요."

"아, 그랬구나. 나를 버리고 떠난 줄 알고 너를 얼마나 원망했는지 몰라."

"제가 설마 그랬겠어요? 저도 가슴이 새카맣게 탔습니다. 도련님을 만나게 해 달라고 얼마나 기도했다고요."

"널 다시 만나다니 꿈만 같아."

"저도 그래요. 하느님 은혜예요."

"너도 하느님 믿어?"

"그럼요. 당연하죠. 예수는 우리의 기도를 들어 주셔요. 조금만 기다리면 곧 나리와 마님과 순이 아기씨를 만날 날이 올 겁니다.”

둘은 서로의 안부를 묻느라 시간이 가는 줄도 몰랐다. 궁금한
게 많은 승이였다.

“다른 곳에도 비밀교회가 있어?”

승이의 질문은 끝이 없었다.

“나가사키 시내에 바오로 교회가 있어요. 청어 창고 지하에 예
배실이 있지요. 일 년 전만 해도 비밀교회에 포르투갈 예수회
신부님이 서너 분 계셨는데, 막부[12]에서 추방령을 내렸어요.
마지막까지 교회를 지키신 세르지오 신부님마저 추방당했어
요. 모두 마테오 신부님과 함께 범선을 타고 나가사키로 오신
분들이에요.”

“너는 나가사키에 붙잡혀 와서 어디로 가게 되었어?”

질문이 이어졌다.

“포르투갈 상인인 카를로스의 저택으로 가게 되었어요. 포르투
갈은 힘이 아주 센 나라라고 들었어요. 카를로스는 도자기, 비
단, 금, 사향, 향료, 무기 등을 거래해요. 그 집엔 진기한 물건

---

12) 막부: 12세기에서 19세기까지 쇼군을 중심으로 한 일본의 무사 정권을 지칭하는 말.

이 많은데, 망원경이 달린 조총도 있어……. 쉿!"

만수가 하던 이야기를 멈추었다.

"무슨 소리 못 들었어요?"

"아니."

"분명 무슨 소리가 났는데……."

승이는 갑자기 악몽이 되살아났다. 지로 녀석이 여기까지 찾아온 것일까? 만수가 나무 몽둥이를 들었다. 승이는 가슴이 조마조마했다. 심장 뛰는 소리가 동굴 전체에 퍼지는 것 같았다. 검은 그림자가 쫓기듯 동굴 안으로 들어왔다.

"승이야. 나야, 달복이. 헉헉."

달복이가 동굴 바닥에 털썩 주저앉았다. 만수가 관솔에 불을 붙였다. 달복이의 눈은 시퍼렇게 멍들어 있고, 입술도 퉁퉁 부어올랐다. 달복이가 땀범벅인 얼굴로 다급하게 말했다.

"불을 꺼. 어서!"

만수가 입술 바람을 일으켜서 재빨리 불을 껐다.

"달복아, 어찌 된 일이야?"

만수가 달복이를 아는 것 같아 승이가 물었다.

"달복아, 조선에서 왔다는 형이 만수인 거야?"

그러자 달복이 눈이 호두알만큼 커졌다.

"너, 만수 형을 알아?"

"유모 아들이 만수야. 나보다 세 살 많지만, 조선에서는 형이라고 부르지 못했어."

이번엔 만수가 달복이에게 말했다.

"달복아, 내가 모시는 도련님이다. 인사드려라."

"형한테는 도련님일지라도 나에게는 친구야. 히히."

달복이는 웃다가 얼굴을 찡그렸다. 상처 난 곳이 아픈 모양이었다. 그때 사람들의 말소리가 밖에서 들렸다. 달복이가 허둥대기 시작했다.

"승이야, 도망쳐. 왜병들이 도예마을까지 덮쳤어. 도예마을 사람들도 다 도망갔어. 동굴 뒤로 가면 세 갈래 길이 나와. 그중 가운데 길로 가면 동굴 밖으로 나갈 수 있어. 빨리!"

웅성거리는 사람들의 소리가 점점 가까워졌다.

"도망친 조선 노예 놈이 동굴로 들어갔다!"

그 소리를 듣자마자 만수가 승이를 둘러업더니 비밀통로를 향해 뛰었다.

"달복아, 너도 도망쳐. 붙잡히면 안 돼.!"

"만수 형! 내가 저 사람들을 다른 곳으로 유인할게."

승이는 만수의 목을 꼭 끌어안았다. 만수가 달리기 시작했다. 만수 등에서 흐르는 땀이 승이 가슴을 적셨다.

"내려줘. 걸을 수 있어."

"안 돼요. 다리도 성치 못한데……."

만수는 승이를 업고 달리고 또 달렸다. 앞만 보고 달렸다. 길이 울퉁불퉁했다. 간신히 비밀통로를 벗어나 편백나무 숲에 이르렀다.

만수는 승이를 내려놓고 편백나무에 기대어 가쁜 숨을 몰아쉬었다. 둘은 편백나무 숲에서 밤을 지새웠다. 바람 소리가 왜병의 발소리처럼 들려 승이는 깜짝깜짝 놀랐다.

나뭇잎 그림자가 만수 얼굴에 어른거렸다. 동이 트고 있었다. 만수도 힘이 빠졌는지 걸음걸이가 느릿느릿했다.

산 밑으로 붉은색 기와지붕들이 보였다. 바다가 가까운지 갈매기들이 하늘을 휘젓고 날아다녔다. 비릿한 바다 냄새도 밀려왔다.

"만수야! 이제 어디로 가?"

든든한 만수가 있으니 두렵지 않았다.

"바오로 교회로 갑니다."

"어딘지는 알아?"

"야마타 님의 심부름으로 몇 번 가 보았어요."

승이는 만수 등에 업혀 가는 것이 마음 쓰였다. 아무리 힘이 좋다고 해도 며칠을 굶었으니 버티기가 쉽지 않을 것이었다. 그래도 묵묵하게 걸었다.

만수가 거친 숨을 몰아쉬면서 말했다.

"저기 보이는 곳이 나가사키 시내입니다. 후미진 곳에 청어 창고가 있습니다. 창고 지하가 바오로 교회예요."

승이는 왜병이 뒤쫓지나 않을까 걱정되어 뒤를 흘깃거렸다.

"시내로 들어가면 바로 붙들릴 건데, 어떡하지?"

"야마타 님이 계실 겁니다. 예전에는 세르지오 신부님이 비밀 교회를 지키고 있었는데, 그분이 떠난 뒤로는 야마타 님이 머문다고 들었어요."

"신부님은 왜 포로들을 도와주지?"

"사랑하니까요. 예수님이 기뻐하는 일을 하시는 거죠."

나가사키 시내로 접어들자, 가게가 즐비하게 늘어서 있었다. 가게 이름을 쓴 무명천이 바람에 나부꼈다. 왜어로 쓰인 간판을 보니, 아버지와 장날 동래시장에 간 기억이 났다. 장터 구경도 하고, 엿장수의 가락 소리를 들으며 질겅질겅 엿도 먹었다. 승이는 달콤한 맛이 생각나 입맛을 다셨다. 입안에 침이 흥건히 고였다.

사람들의 모습은 그리 눈에 띄지 않았다. 가게 문을 열기 위해 나온 장사꾼들만 드문드문 보일 뿐이었다.

다행히 승이와 만수를 눈여겨보는 사람은 없었다.

"만수야! 동굴교회를 습격한 왜병들이 왜 쫓아오지 않는 거지?"

승이는 당장이라도 왜병들이 목덜미를 낚아챌 것만 같았다.

"늑대한테 물려간 모양이지요. 도련님은 참 걱정도 많아요. 하하하."

만수가 넉살스럽게 웃었다.

"달복이는 무사할까?"

"영악한 녀석이라 별일 없을 겁니다."

승이는 동굴에서 본 달복이 얼굴이 자꾸 떠올랐다.

9. 추방

승이는 만수 등에서 잠이 들었다. 왜국에 잡혀 온 뒤로 승이는 밤마다 꿈을 꾸었다.

꿈에서 승이는 응석받이 아이였다. 유모가 어디를 가든 따라다녔다. 비 오는 날에 웅덩이에 고인 물을 첨벙첨벙 밟고 다니고, 배추밭에 하얀 나비가 날아다니면 쫓았다. 만수와 푸른 들판도 뛰어다녔다.

갑자기 뿔 달린 도깨비들이 승이를 쫓았다. 왜병들이 끊임없이 뒤쫓아 왔다. 고향 치마바위에서 총을 쏘아대던 왜병들이었다. 도망쳐야 하는데 발이 자꾸만 진흙땅에 푹푹 빠졌다. 깜깜한

낭떠러지 끝에 누군가가 보였다. 하얀 모시 한복을 입은 어머니였다. 어머니 품에 안기려다 수렁에 빠졌다. 몸은 더 깊은 늪으로 들어갔다. 머리까지 잠겼다. 숨을 쉴 수가 없었다. 비명인지 신음인지 모를 소리가 입술 밖으로 흘러나왔다.

만수가 승이를 흔들었다. 승이가 눈을 떴다. 꿈이었다. 검은 하늘이 보였다. 별들이 하늘에 촘촘히 박혀 있었다.

"악몽을 꾸었어요?"

식은땀을 흘리며 고개를 끄덕였다.

"눈만 감으면 용천골 치마바위 동굴에서 있었던 일이 떠올라. 왜군이 쏘아대는 총소리가 귀에 들려. 무서워."

승이가 자지러지듯 귀를 틀어막았다. 만수가 승이의 등을 쓰다듬었다.

나가사키 항구로 들어가는 길목에서 북동쪽으로 흐르는 강을 끼고 걸으니, 나무로 지은 허름한 창고가 보였다.

"저기가 바오로 교회예요. 신도들이 모이는 비밀교회입니다."

만수가 불안한 눈으로 주위를 살폈다. 창고 문은 나무판을 어긋나게 한 뒤 못을 박아 놓아 들어갈 수 없었다. 기독교를 핍박하는 왜국에서 한 짓이었다.

"창고 뒤로 가요."

승이가 내려달라고 고집을 부렸다. 어쩔 수 없이 만수가 승이를 바닥에 내려놓았다. 승이는 절뚝거리며 만수를 따라갔다. 여러 개의 창문이 길게 늘어져 있었다.

만수가 창문 아래의 낙엽을 긁어내자 판자가 드러났다. 구멍 사이로 손가락을 넣어 당기자, 작은 문이 열리며 지하로 내려가는 계단이 나타났다. 계단을 밟자 삐걱 소리가 났다.

교회는 텅 비어 있었다. 마테오 신부님이 보이지 않자, 승이가 걱정스러운 듯 물었다.

"마테오 신부님은?"

"여기 안 계시는 걸 보니 아마도 카를로스 상인의 저택에 계실 겁니다."

승이 얼굴에 걱정이 가득했다. 만수는 카를로스 상인은 신부님을 돕는 좋은 분이라며 승이를 안심시켰다.

"저도 거기서 마테오 신부님을 만났어요."

"그래서 예수를 믿게 되었구나. 네가 어쩌다 예수를 믿게 되었는지 궁금했어."

"그럼 달복이는 어떻게 알게 된 거야?"

"도예마을로 심부름하러 다니다가 알게 되었어요. 공방의 도자기를 카를로스가 비싼 값에 산답니다. 달복이는 공방에서 일했어요."

달복이가 기장 서답골에서 살았다는 얘기를 듣고 가까워졌다고 했다. 유리가 한 말이 생각났다. 도예공방에서 만들어지는 도자기는 멀리 유럽까지 비싼 가격으로 팔린다고.

둘은 카를로스 저택으로 가기 위해 바오로 교회에서 서둘러 나왔다. 오래 머물 수 있는 장소가 아니었다. 언제 왜병이 닥칠지도 모르는 일이었다. 만수의 발걸음이 빨라졌다. 강을 돌아가니 나지막한 언덕이 보였다.

한참을 걸어 카를로스 저택에 닿았다. 카를로스 저택은 언덕 위에 있었는데, 화강암으로 지어진 이 층 건물이었다.

"톡톡톡!"

만수가 동그란 고리손잡이를 당겼다. 인기척이 없었다. 다시 문을 톡톡 두드렸다. 왜병들에게 들킬까 봐 조마조마했다.

"신부님!"

목소리를 한껏 낮추었다. 대문 안에서 자박자박 자갈 밟는 소리가 들렸다. 삐거덕 소리가 나더니 검은 사제복을 입은 신부가 문밖으로 나왔다.

"마테오 신부님!"

"만수, 승이! 둘 다 무사했구나."

마테오 신부가 둘을 두 팔로 끌어안았다.

대문 안으로 들어갔다. 넓은 정원 한가운데는 둥근 연못이 있었다. 바람을 타고 매화 향이 코끝을 스쳤다. 오랜만에 맡는 꽃향기였다. 고향 집 안채에는 꽃과 나무가 많았다. 고향 집 마당에도 매화꽃 향기가 온 집을 감싸고 돌았다. 왜국은 조선보다 남쪽에 있어서인지 매화가 일찍 폈다.

"무사해서 다행이야."

마테오 신부는 여기까지 온 것을 하느님 은혜라고 했다. 그러나 곧 표정이 어두워졌다. 무슨 큰일이 있는 게 분명했다.

둘은 조심조심 발을 내디디며 집 안으로 들어갔다. 마테오 신부는 카를로스가 포르투갈에 갔다며 몇 달이 지나야 돌아올 거라고 했다.

거실에는 붉은 카펫이 깔려 있고 처음 보는 서양 물건들이 즐비하게 놓여 있었다. 조선에서는 댓돌 위에 신발을 벗고 마루로

올라갔다. 그런데 여기서는 흙먼지가 잔뜩 묻은 신발을 거실에서
도 신었다.

승이는 탁자 위에 펼쳐져 있는 세계지도를 보자 눈이 휘둥그레
졌다. 아무리 봐도 조선은 세계지도에 없었다.

"앉아."

신부가 의자를 갖다주었다. 목화솜을 넣은 것처럼 푹신했다.

승이가 의자 끝에 엉거주춤 걸터앉자
만수도 그 옆에 자리를 잡고 앉
았다.

카를로스 집 하인이
신부님의 부탁으
로 카스텔라를
쟁반에 담아왔
다. 달걀을 넣어

만든 서양 빵인데, 한입 베어 물자 고소하고 달콤한 맛이 입 안을

감돌았다.

　만수가 신부를 바라보며 무겁게 입을

열었다.

"동굴교회가 왜병에게 발각됐어요."

마테오 신부가 손목에 감긴 묵주를 만졌다. 푸른 눈동자가 흔들렸다. 만수가 되물었다.

"그런데, 신부님, 무슨 안 좋은 일 있어요?"

"왜인들이 조선인들을 노예 상인들에게 팔아."

둘은 가슴이 덜컥 내려앉았다.

"그럼, 동굴을 덮친 사람들은 왜병이 아니고 노예사냥꾼?"

"어? 그걸 어떻게?"

마테오 신부의 큰 눈이 더 커졌다.

"달복이가 누군가에게 쫓겨서 동굴교회로 왔어요. 오자마자 우리에게 빨리 도망가라고 소리쳤는데……."

만수가 맥없이 고개를 떨구었다.

노예사냥꾼에게 붙잡히면 가깝게는 마카오, 아니면 유럽으로까지 팔려 간다고 했다.

'마카오는 어디일까? 유럽은 배를 타고 일 년을 가야 하는 아주 먼 곳이라고 유리가 그랬는데…….'

승이는 탁자 위에 펼쳐진 세계지도를 내려다보았다. 조선에서 더 먼 나라로 팔려 간다니, 눈앞이 캄캄해졌다.

"그럼, 우린 어떻게 해야 해요?"

만수가 초조한 눈빛으로 마테오 신부를 바라보았다.

카를로스 집에서 일하는 왜인들의 눈빛도 곱지 않았다. 이곳도 안전하지 못했다.

"예수가 지켜 줄 거야."

마테오 신부가 가슴에 십자가 성호를 그었다. 애써 만수와 승이를 위로했지만, 그도 불안해하기는 마찬가지였다. 다행히 왜국도 포르투갈의 눈치를 보는지 마테오 신부님을 강제로 추방하지 않았다.

"기리시탄 영주들이 조선 노예를 풀어 주고 있으니 너무 걱정하지 마. 자유인이 되면 더 이상 노예로 팔려 가지 않을 거야."

신부가 안심시켰지만, 승이는 두려웠다.

'난 도망친 포로잖아. 붙잡히면 노예로 팔려 갈 거야.'

둘은 카를로스 저택에서 숨어 지내기로 했다. 마테오 신부님이 곁에 있어서 그나마 다행이었다. 포로들은 도망쳐도 갈 곳이 없었다. 가와구치의 집, 도예마을, 동굴교회, 카를로스 상인의 집까지 붙잡히지 않으려고 도망 다녔다.

승이는 이곳이 마지막이라 여겼다. 더 이상 도망칠 곳도 없었다.

10. 소년 포로를 구출하라!

꽃비가 내리는 날이었다. 한밤중에 카를로스 저택의 문을 두드리는 소리가 났다.

가슴이 덜컥 내려앉았다.

'노예사냥꾼?'

승이와 만수는 여차하면 달아나려고 뒷문에 바짝 붙었다. 둘다 도망치는 데는 이력이 나 있었다.

마테오 신부가 대문 틈 사이로 밖을 내다보았다.

"신부님! 저 달복이에요."

"오, 달복이!"

문이 열리자, 달복이가 후다닥 마당 안으로 들어왔다. 신부가 잽싸게 문을 닫았다. 승이가 절뚝절뚝 걸어 나와 달복이의 손을 꼭 잡았다.

"어디 다친 데는 없어?"

"노예사냥꾼에게 붙들렸다가 도망쳐 나왔어. 노예사냥꾼들이 조총 한 자루 값에 너덧 명의 조선 포로를 넘기고 있어. 아프리카 노예보다 더 헐값에 팔려나가. 항구에 가면 목선이 정박해 있는데, 밑창 쪽에 소년 포로들이 붙잡혀 있어."

달복이는 숨을 헐떡이며 자신이 겪은 이야기를 쏟아놓았다.

"이런! 야마타의 편지 내용이 사실이었어. 설마 했는데⋯⋯."

신부의 목소리가 가늘게 떨렸다.

"이노우 영주가 도와줄 거야. 걱정하지 마."

마테오 신부가 달복이를 끌어안으며 다독거렸다.

이노우 영주는 도자기 장사로 돈을 많이 번 기리시탄이었고, 가와구치는 이노우 영주가 아끼는 기리시탄 장수였다. 전쟁이 터지기 전부터 가와구치는 이노우 영주의 심부름으로 부산 동래성을 오가며 이노우의 심부름을 해왔다고 했다.

그러던 가와구치가 압송되었다. 이노우 영주도 언제 막부에 불려 갈지 모를 운명이었다. 이노우 영주도 자신의 가문을 지켜내려고 안간힘을 쓰고 있었다. 그에게 모두의 목숨을 맡기는 것도 불안했다.

마테오 신부는 조선 포로를 구출하기 위해 동분서주했다. 만수와 달복이는 편지 심부름을 하며 마테오 신부를 힘껏 도왔다. 기리시탄 영주들도 목숨을 걸고 포로를 자유인으로 풀어 주려고 애썼다.

만수가 이노우 영주의 편지를 가져와 마테오 신부에게 전했다.

마테오 신부는 한참 동안 말이 없었다. 만수와 승이는 신부님이 입을 열기만을 초조하게 기다렸다. 드디어 신부님이 입을 열었다.

편지를 읽은 신부의 얼굴이 백지장처럼 하얬다.

"왜국이 신부 추방령을 내렸다는구나. 모든 신부는 달포 안으로 사그레스호를 타라는 로마교황청의 명령이 떨어졌어."

마테오 신부가 묵주에 달린 십자가를 손에 움켜쥐었다. 하느님이 함께할 거라고 말하는 신부님이 불안할 때 하는 버릇이다. 묵주 알맹이를 돌리면 더 불안하다는 뜻이다.

"그럼 우리는 어떡해요?"

승이가 겁에 질린 얼굴로 말했다. 만수도 곁에서 손톱을 질겅질겅 씹고 있었다. 겉으로는 태연한 척해도 불안감을 감출 수는 없었다.

"같이 마카오로 가. 마카오는 포르투갈의 영토이니 나가사키보다 안전해."

마카오로 간다는 소리에 말문이 막혔다. 왜국은 조선과 가까운 나라여서 전쟁이 끝나면 곧 고향으로 돌아갈 수 있었다. 그러나 마카오로 간다면 영원히 조선으로 돌아가지 못할 수도 있었다.

마테오 신부가 이노우 영주에게 편지를 써서 만수와 달복에게 맡겼다. 사나흘이면 다녀올 거리를 열흘이 되도 돌아오지 않았다. 승이는 불안해서 견딜 수가 없었다. 밤마다 꾸는 악몽은 승이를 괴롭혔다.

'왜 돌아오지 않는 걸까? 노예사냥꾼들에게 붙잡힌 건 아닐까?'

마테오 신부는 걱정되어 새벽부터 십자가상을 바라보며 기도를 올렸다. 승이도 신부처럼 두 손을 모았다.

"만수와 달복이를 찾으러 나가야겠어요."

승이가 참지 못하고 자리에서 벌떡 일어났다.

"혼자서는 위험해."

"이제 혼자서도 걸을 수 있어요."

"안 돼, 이노우 영주에게 함께 가 보자. 우리를 도울 사람은 이
노우 영주님뿐이야."

마테오 신부는 자기의 외모가 쉽게 눈에 띌 게 분명한데도 함
께 가겠다고 했다. 마테오 신부가 기리스탄 신도인 마부에게 연
락했다. 마부는 신앙심이 깊은 사람이었다.

마차는 뒷자리가 검은 천으로 가려져서 다행히 왜인들의 눈을
피할 수 있었다. 마차는 나가사키 외곽지대에 있는 이노우 영주
의 집으로 향했다.

마부는 집 앞에서 둘을 내려주었다. 하인이 나와 두 사람을 안
채로 인도했다. 이노우 영주 옆에는 피부색이 검은 키 큰 남자가
서 있었다. 포르투갈 용병[13]이었다.

"이 먼 길을 어쩐 일입니까? 그것도 꼭두새벽에."

이노우 영주가 못마땅한 듯 물었다. 예전의 이노우 영주가 아

---

13) 용병: 보수를 받고 복무하는 군인.

니었다.

"만수와 달복이가 여기 오지 않았나요?"

"편지를 전해 주고 떠났소."

쌀쌀맞기 그지없었다. 승이는 두려움에 온몸이 덜덜 떨렸다.

"지금까지 돌아오지 않았어요. 노예사냥꾼들에게 잡힌 건 아니겠죠?"

노예사냥꾼들은 몸값을 더 받을 수 있는 소년 포로를 잡으려고 눈에 불을 켰다.

이노우 영주는 의자에서 일어서더니 뒷짐을 지고 왔다 갔다 했다. 두 사람을 찾을 궁리를 하는 것인지, 아니면 다른 수작이 있는 것인지 그 행동이 알쏭달쏭했다. 이노우 영주의 하인 중 한 명이 헐레벌떡 뛰어오며 말했다. 그는 바깥 상황을 수소문하고 있었던 모양이었다.

"내일 나가사키 항구에서 노예시장이 열린다고 합니다. 붙잡혀 온 조선 포로가 많다고 하네요."

그 말을 들은 이노우 영주가 마차를 부르라고 흑인 용병에게 다그쳤다. 이노우의 명이 떨어지기 무섭게 마차가 도착했다.

"나가사키 항구로 한번 가 보시오. 나도 곧 사람을 보내겠소.

신부님도 몸조심하시오."

이노우 영주가 음흉한 미소를 지었다. 승이와 마테오 신부는 서둘러 이노우 영주의 집을 빠져나왔다.

마차 안에서 승이가 물었다.

"이노우 영주는 어떤 사람이에요?"

"신앙심이 깊은 왜인 기리시탄."

마테오 신부는 이노우 영주를 믿나 보다. 하지만 승이는 이노우 영주에게 믿음이 가지 않았다. 왜국에서 포로 생활을 하면서 마음을 굳게 닫아버린 자신의 탓이라 생각했다.

따각거리는 말발굽 소리를 들으니 마음이 더 조급했다. 마테오 신부님을 흘깃 보았다. 신부님은 두 눈을 지그시 감고 있었다.

11. 쥐새끼 같은 놈!

마차가 몹시 덜컹거렸다. 나가사키로 가는 길은 험했다. 마치 그들의 앞길을 알려주기나 한 듯 승이는 이노우 영주를 믿을 수가 없었다. 언제든 자신이 살아남기 위해서 신부님과 포로들을 배신할 사람 같았다. 이노우의 눈빛이 그걸 말해 주었다.

나가사키 항에 들어서자, 짠 내가 물씬 났다. 파도에 일렁이는 푸른 바다가 보였고, 바다 한가운데에는 집채만 한 배가 작은 섬처럼 떠 있었다. 마부가 마차를 천천히 몰았다. 승이에게 범선을 보여 주려는 배려였다.

"와! 무슨 배가 저렇게 커!"

승이는 태어나서 그렇게 큰 배를 처음 보았다.

"유럽을 오가는 범선, 사그레스호야. 나도 포르투갈에서 사그
레스호를 타고 왜국에 들어왔어."

사그레스호에 꽂힌 포르투갈 국기가 바람에 펄럭였다.

"포르투칼은 왜국에게 향료나 무기, 과학발명품을 팔아서 돈을
벌어들여."

승이는 마테오 신부의 이야기에 귀가 쫑긋했다. 마부는 신무기
와 같은 과학발명품을 사들이기 위해서 신부들의 선교 활동을 허
락했다. 선교를 금하고 신부들에게는 추방령을 내렸다. 평등을
내세우는 기독교는 왜국의 신분제도를 무너뜨렸기 때문이었다.

마테오 신부와 승이는 마부가 일러 준 대로 한 신도가 운영하
는 해산물 가게에 몸을 숨겼다. 해산물 가게는 생각보다 찾기 쉬
웠다. 그곳 이 층에서 항구의 배들을 유심히 살폈다. 밤이 되길
기다렸다.

마테오 신부가 가슴에 성호를 그었다. 승이도 따라 했다. 불안
한 마음이 한결 가시었다.

어둠이 내려도 해산물 가게 주인은 불을 켜지 않았다. 혹시 왜
병에게 발각될까 봐 조심하는 눈치였다.

잠시 뒤, 가게 주인이 위층으로 올라와서 조심스럽게 방문을 두드렸다.

"나가사키 항에서 물건 나르는 일을 하는 신도가 목선에서 살려 달라고 하는 소리를 들었다네요. 조선말이었대요."

가게 주인은 그 말만 전하고 얼른 아래층으로 내려갔다.

"목선 밑창 쪽에 소년 포로들이 붙들려 있다는 소문이 사실이었어."

마테오 신부가 밖으로 나가려고 삿갓 끈을 고쳐 묶었다. 승이도 같이 나가려고 일어섰다. 그런 승이를 마테오 신부가 막았다.

"위험해. 너는 여기서 기다려."

"나도 갈 거예요."

승이가 떼를 썼다.

"나가사키 항에는 왜병이 많아."

신부의 말을 듣는 승이가 아니었다. 계단을 내려가자, 마테오 신부가 고개를 절레절레 흔들며 따라왔다.

망을 보던 해산물 가게 주인이 나오라고 손짓했다. 마테오 신부가 삿갓으로 얼굴을 가렸다.

마테오 신부와 승이는 재빨리 가게에서 나와 골목을 벗어났다.

아직도 다리에 통증이 느껴졌지만 만수와 달복이를 잃어버리는 고통에는 견줄 바가 아니었다.

나가사키 항구에 도착했다. 왜병들이 쿵쿵쿵 군홧발 소리를 내며 뛰어갔다. 기모노를 입은 여자도 지나갔다. 승이는 유리와 히로메 마님 생각이 났다. 웃으면 보조개가 움푹 파이던 유리와 어머니처럼 자상하게 보살펴 주던 히로메 마님이 보고 싶었다.

독수리 문양이 새겨진 두건을 쓴 사람들이 보였다. 독수리 문양은 이노우 가문의 문장이었다. 마테오 신부가 승이 어깨를 감싸며 속삭였다.

"이노우 영주가 부하를 보냈구나."

둘은 목선이 있는 쪽으로 조심조심 걸음을 옮겼다. 목선은 돛을 접어서 그런지, 마치 거대한 직사각형의 상자처럼 보였다.

더 이상 가까이 가기가 어려웠다. 왜병들이 횃불을 들고 목선 주위를 지키고 있었기 때문이다.

보름달이 밝았다. 달이 마테오 신부님과 승이를 비추었다. 둘의 그림자가 바닥에 길게 늘어졌다.

"어떻게 해야 할까요?"

소나무 뒤에 숨은 채로 승이가 마테오 신부에게 물었다.

그때였다. 검은 그림자가 일렁이며 수런거리는 소리가 들렸다.

"사람들이 온다!"

마테오 신부가 승이를 바짝 자기 쪽으로 당겼다. 다섯 명의 무사가 검은 옷을 입고 걸어오고 있었다. 네 명은 검은 두건을 머리에 썼고, 한 명은 전립14)을 썼다.

때마침, 이노우 영주의 부하들도 나타났다. 그중 한 명이 전립 쓴 무사에게 칼을 겨누었다. 전립 쓴 남자가 얼굴을 드러냈다. 이노우 영주가 가장 신임하던 무사 야마타였다.

"이노우 영주가 배신했다. 기리시탄들을 막부에 고발했어!"

이노우 영주의 부하들과 야마타를 비롯한 다섯 명의 무사 사이에 싸움이 붙었다. 야마타의 무술 실력이 월등했다. 그는 짧은 시간에 이노우의 부하들을 제압했다. 무사들이 이노우 부하들의 입에 재갈을 물려서 소나무 기둥에 묶었다. 다행히 외진 곳이라 왜병들의 눈은 피할 수 있었다.

야마타가 마테오 신부를 보자 말했다.

"이노우 영주가 만수와 달복이를 노예 상인에게 팔아넘겼소.

---

14) 전립: 군뢰가 군장을 할 때에 쓰던 갓.

더 이상 이노우 영주를 믿지 마시오.”

“이노우 영주가 믿음을 배반했다니, 도저히 믿기지 않아.”

마테오 신부가 소나무에 묶인 이노우 영주들의 부하들을 내려다보며 부르르 떨었다. 만수와 달복이가 목선에 붙들렸다는 청천벽력 같은 소리에 승이는 무너졌다. 그러나 자신을 도와주러 온 야마타의 무사들을 보며 용기를 내기로 했다.

“제가 목선에 들어가 볼게요.”

승이 말에 덩치가 큰 무사가 고개를 절레절레 흔들었다.

“그건 아주 위험한 일이야.”

승이는 둘을 구해야 한다고 더 당차게 밀어붙였다.

“만수와 달복이를 구해야 해요. 노예로 잡혀가더라도 우린 함께 있을 겁니다. 절대 헤어질 수 없어요.”

누구도 승이 고집을 꺾을 수 없었다. 그러자 야마타가 말했다.

“그럼 같이 가. 너 혼자서는 안 돼.”

승이는 조선인을 도와주는 왜국 무사 야마타가 무척이나 고마웠다.

‘이 사람은 왜 우리 조선인을 도와주는 것일까?’

승이는 야마타를 눈여겨보았다.

"내가 망을 볼 터이니, 그사이에 숨어들어 가거라."

야마타가 앞장섰다. 승이는 바닥에 살금살금 기어서 목선 가까이 다가갔다.

목선으로 넘어가려고 발을 올렸을 때, 순찰하던 왜병들이 호루라기를 불며 야마타에게 다가왔다.

"무슨 일이오?"

"아무 일도 아니오. 바람을 쐬고 있었소. 고생이 많군요."

야마타가 천연덕스럽게 왜병들이 묻는 말에 대꾸했다. 그 틈을 타서 승이가 목선 안으로 숨어들었다. 가슴에서 쿵쾅거리는 소리가 들렸다.

손잡이가 달린 작은 문이 보였다. 문을 열자 통로가 나타났는데, 그 양옆으로 나무상자가 천장까지 빽빽하게 쌓여 있었다.

'만수와 달복이는 어디에 있는 걸까?

통로가 몹시 어두워서, 승이는 손을 뻗어 장애물이 있는지 살피면서 걸었다. 그런데 그만 바닥에 깔린 가마니에 발가락이 걸리는 바람에 고꾸라지고 말았다.

오른쪽 뺨이 바닥에 닿았다. 바닥에서 무슨 소리가 들렸다. 귀를 바짝 갖다 댔다.

'사람 목소리가 나는 것 같은데?'

가마니를 들췄다. 손바닥으로 더듬거리는데, 동그란 문고리가
만져졌다.

'뭐지?'

한번 잡아당겨 보았다. 문이 열리면서 흐릿한 불빛이 보였다.

불빛 사이로 여러 개의 눈동자가 한꺼번에 승이를 올려다보았
다.

"살려 주세요! 살려 주세요!"

분명 조선말이었다. 마음이 급했다.

'어떻게 내려가지?'

승이는 서둘러서 바닥을 더듬었다. 밧줄이 손에 잡혔다.

승이는 밧줄을 문고리에 꽉 묶고는 타고 내려갔다. 다리가 후
들후들 떨렸다.

"도, 도련님!"

어둠 속에서 들리는 목소리, 만수가 틀림없었다.

"만수? 만수 맞지?"

승이는 조심스럽게 바닥에 내렸다. 그러고는 엉금엉금 기어서
소리가 나는 쪽으로 갔다. 만수는 손발이 밧줄로 묶인 채 승이를

바라보았다.

"만수야! 어떻게 된 거야?"

"이노우 영주님을 만나고 카를로스 저택으로 가는 길에 왜병에게 붙잡혔어요."

"달복이는?"

"이 배에 같이 있어요. 지금 많이 아파요."

승이는 가슴이 철렁 내려앉았다.

"달복아!"

승이가 달복이를 불렀다.

구석진 곳에서 신음이 들려왔다. 그곳엔 세 명의 소년 포로가 더 있었고, 달복이는 팔다리가 묶인 채 바닥에 엎어져 있었다.

승이가 달복이 몸에 감긴 밧줄을 푼 뒤, 똑바로 눕혔다. 온몸이 불덩이처럼 뜨거웠다.

"달복아! 죽으면 안 돼. 우린 살아서 조선으로 가야 해."

승이가 달복이를 흔들었다.

'조금만 참아! 예수님이 너를 죽게 놔두지 않을 거야.'

승이는 달복이의 두 손을 꼭 잡았다.

"도련님! 저도 밧줄 좀 풀어 주세요."

승이가 밧줄을 풀자 만수가 다른 아이들의 밧줄을 빠른 손놀림으로 풀어 주었다.

"빨리 도망쳐. 왜병들이 교대할 시간이야."

만수가 세 명의 조선 포로를 먼저 올라가게 했다.

"너희가 힘껏 달복이를 끌어올려."

만수와 승이는 밧줄에 달복이를 묶었다.

"애들아, 힘내. 우린 여기서 나가면 마카오로 갈 거야. 그곳에선 포로가 아닌 자유의 몸이 되는 거야."

승이가 말했다.

먼저 달복이를 낑낑거리며 끌어 올렸다. 달복이가 올라왔다.

"도련님, 내 등에 올라가서 밧줄을 잡으세요."

만수가 바닥에 무릎을 꿇으며 등을 내밀었다.

"괜찮아."

"어서요!"

승이는 만수의 등에 올라섰다. 밧줄 타고 오르기가 훨씬 수월했다.

승이가 밧줄을 내려 주자, 만수는 밧줄을 거뜬히 잡고 올라왔다. 만수는 곧바로 달복이를 둘러업었다.

"시간이 없어. 서둘러."

승이 말에 소년들은 숨을 죽인 채 걸었다. 교대를 끝낸 왜병들이 횃불을 옆에 두고 꾸벅꾸벅 졸고 있었다.

만수가 달복이를 업고 목선을 먼저 빠져나갔다. 다른 세 명의 아이도 만수를 뒤따라갔다. 승이가 마지막으로 살금살금 빠져나왔다. 등줄기에서 식은땀이 흘렀다. 그때였다.

"요 쥐새끼 같은 놈!"

왜병이 승이 목덜미를 낚아챘다. 억센 손이었다. 목이 졸려 승이는 캑캑거렸다.

승이는 왜병 손에서 빠져나가려고 발버둥을 쳤다.

"요놈 봐라. 감히 여기가 어디라고 도망을 치려고 해."

12. 바다 장례식

승이가 왜병을 노려보았다. 왜병은 콧잔등에 가로로 깊게 팬 상처가 있었다. 지렁이가 꿈틀거리는 것 같았다.

때마침, 검은 수건으로 얼굴을 가린 다섯 명의 무사가 나타났다. 야마타가 그 지렁이왜병의 목에 칼을 겨누었다. 지렁이 왜병의 눈꼬리가 치켜 올라갔다. 목덜미를 쥐고 있던 왜병이 승이를 슬그머니 바닥에 내려놓았다.

무사들은 날렵한 칼을 휘두르며 왜병들을 제압했다. 그러고는 밧줄로 꽁꽁 묶어서 꿇어앉혔다.

마테오 신부가 달려왔다. 달복이는 여전히 의식이 없었다. 죽은 듯 늘어져 있었다. 간간히 신음소리만 들릴 뿐이었다.

"어린 너희들이 시대를 잘 못 만나 험한 고생을 하는구나!"

마테오 신부가 소년 포로들을 끌어안고 울먹였다.

야마타가 승이를 자세히 보더니 말했다.

"네가 혹시 승이냐?"

야마타는 능숙한 조선말을 했다. 조선인이라 착각할 정도였다.

"맞습니다. 어떻게 제 이름을?"

"아버지를 닮았구나. 황 역관과는 전쟁 전부터 서로 알고 지냈다. 영주님의 심부름으로 부산포 왜관에 갔을 때, 통역을 해 주신 어른이지. 황 역관이 왜병의 눈을 피해 나를 찾아왔더구나. 아들이 포로로 끌려갔다면서 도움을 청했단다. 조선 기장현에서 붙들려 온 포로가 있다기에, 혹시나 했는데……. 예수님이 도우셨다."

야마타가 가슴에 십자가 성호를 그었다.

'야마타가 아버지를 알다니!'

승이는 꿈을 꾸는 것 같았다. 달복이의 신음이 커졌다.

"야마타 님, 이러다가 우리 달복이가 죽는 거 아닐까요?"

달복이 맥을 짚던 야마타가 심각한 표정을 지었다.

"왜병들이 몰려오기 전에 이곳을 빠져나가야 한다."

야마타의 말에 무사들이 분주하게 움직였다.

"피하십시오! 왜병들이 또 몰려오고 있습니다!"

야마타의 부하들이 준비한 거룻배가 목선 옆에 닿았다. 만수가 달복이를 업고 제일 먼저 올라탔다. 세 명의 소년 포로도 거룻배로 건너갔다. 야마타와 마테오 신부가 마지막으로 거룻배에 올랐다.

무사들이 빠르게 노를 저었다.

항구에 여러 개의 횃불이 어지럽게 움직이고 있었다. 왜병들의 수는 점점 더 늘어났다.

"빨리 노를 저어라!"

야마타가 무사들에게 재촉했다. 거룻배는 부지런히 노를 저어도 느리게만 갔다.

"조선 노예 새끼가 저기 있다."

악몽에서도 들리는 목소리. 승이를 무던히도 괴롭히던 지로였다. 지로가 노예사냥꾼과 왜병들을 데리고 온 것이다. 끈질긴 녀석이다. 노예사냥꾼과 왜병들이 거룻배를 향해 총을 쏘아댔다. 거룻배 여기저기 총알이 박혔다. 높은 파도가 거룻배를 덮쳤다.

중심을 잡지 못한 승이가 바다로 내동댕이쳐졌다.

만수가 바다로 뛰어들어 승이를 향해 팔을 뻗었다. 잡힐 듯 말 듯 애간장을 태웠다. 승이의 머리가 물밑으로 사라졌다 떠오르기를 반복했다. 승이의 머리가 물 위로 올라오자 만수가 승이의 머리채를 낚았다. 겨우 승이를 바다에서 끌어올렸다. 승이는 배 위에 널브러졌다.

"타당 타당 타당!"

이노우 영주의 부하들도 노예사냥꾼들과 합세했다. 총알이 빗발쳤지만, 파도가 날름날름 먹어 치웠다. 조총이 시퍼런 불을 내뿜었다.

"아악!"

만수가 비명을 지르며 쓰러졌다. 소년 포로 한 명도 총을 맞고 쓰러졌다. 거룻배 바닥에 붉은 피가 흘렀다.

거센 파도가 거룻배를 덮쳤다. 거룻배는 아비규환이었다.

승이가 정신을 차리고 둘러보니 만수가 보이지 않았다.

"만수야! 만수야! 어디 있어? 형! 어디 있어?"

승이는 대성통곡했다. 만수는 아무런 대답도 하지 않았다.

"형! 만수 형! 형이라 불러 보지도 못했단 말이야."

승이는 만수를 삼켜 버린 시퍼런 바다를 보며 목이 터지도록 만수를 불렀다.

소년 포로가 되어 왜국에 왔지만, 만수가 있어서 버티고 살았다. 마테오 신부가 승이의 어깨에 손을 얹었다. 그의 눈에서도 뜨거운 눈물이 쏟아졌다. 승이는 마테오 신부 가슴에 얼굴을 묻고 흐느꼈다. 그것을 지켜보는 야마타와 무사들도 눈시울을 적셨다.

13. 안개에 싸인 마카오

승이는 만수를 끌어안고 꺼이꺼이 목 놓아 통곡했다. 새벽이 밝아 왔다. 지난밤의 불꽃 튀는 총성들은 언제 그랬냐는 듯. 수평선 너머 햇귀[15]가 넘실넘실 피어올랐다.

"대장님, 배가 보입니다."

무사 한 명이 동쪽 바다를 바라보며 말했다. 마카오를 오가는 왜국 무역선이었다.

무사들이 무역선을 향해 두 팔을 뻗쳐 크게 흔들었다.

---

15) 햇귀: 해가 처음 솟을 때의 빛

무역선은 파도를 헤치고 점점 가까이 다가왔다. 구레나룻 수염을 한 무역선 선장이 얼굴을 내밀었다.

"어서 배에 오르십시오! 마카오로 가는 길입니다."

야마타가 부하들에게 무역선으로 옮겨 타라고 명령했다.

승이는 만수를 남겨두고 무역선으로 갈아탈 수가 없었다. 만수는 자는 듯 고요히 갑판 위에 누워 있었다.

"만수는 무역선에 태울 수가 없구나. 만수의 장례는 우리가 치루어주마. 어서 무역선으로 오르거라."

야마타가 매정스럽게 말했다.

승이는 만수와 헤어지지 않으려고 발버둥을 쳤다. 야마타의 부하 중 한명이 승이를 만수에게 떼내어 어깨에 둘러멨다. 마테오 신부와 야마타는 달복이를 돌봤다. 의식은 여전히 없었다. 밤이 되자 승이가 하늘을 올려다보았다. 유난히 반짝이는 별이 북쪽 하늘에 보였다. 승이는 만수 생각에 눈물을 흘렸다. 짜디짠 눈물이 입안으로 흘러들었다. 야마타가 승이에게 다가왔다.

"전쟁에 목숨을 잃은 사람이 어디 만수뿐이더냐. 너무 슬퍼 말고, 이 편지를 받거라."

야마타는 승이에게 편지 한 통을 건네주었다.

"황 역관이 내게 준 편지다. 너를 만나게 되면 전해 달라고 신신당부했다. 항상 편지를 옷 속 깊숙이 넣고 다녔다."

승이가 편지를 펼쳤다.

"아! 아버지의 서체다."

흔들림 없이 꼿꼿한 서체였다. 승이는 편지를 읽어 나갔다.

승이 보거라.

우리는 무사히 잘 있다. 어머니도, 순이도, 유모도. 운 좋게 화를 면했다. 모두 네 걱정뿐이다. 아비가 동래성으로 가지 않고 집에 있었더라면, 네가 붙들려 가는 것을 막을 수 있었을 텐데……. 만수는 함께 있는 것이냐? 만수와 같이 갔다는 이야기를 듣고, 한시름 놓았다. 만수는 지혜롭고 용감해서 어디서든 살아갈 것이다. 한 핏줄이니 그곳에선 형이라고 부르거라.

서생포에서 어린아이들이 나가사키로 붙잡혀 갔다고 하더구나. 혹시 승이 네가 아닐까 하는 생각에 밤잠을 이루지 못했다. 그러다가 왜란 전부터 인연이 있는 야마타를 만나게 되었다. 혹시 너를 만날까 기대하면서 그동안 간직했던 편지를 맡긴다.

승이야! 살아야 한다. 그래야 아비도 어미도 순이도 만날 수 있

다. 전쟁은 곧 끝날 것이다. 아비가 반드시 널 찾을 것이다. 힘들

더라도 참고 굳건히 버티어라.

계사년 유월 십칠 일, 아비 씀

지금이 갑오년이니 고향을 떠나온 지 삼 년이 다 되어 간다. 야마타는 오랫동안 편지를 간직하고 있었다. 승이는 마치 아버지를 대하듯 편지를 가슴에 품었다.

"마카오다! 마카오다!"

망을 보던 선원이 소리를 내질렀다. 안개에 둘러싸인 섬이 보였다. 포르투갈 땅, 마카오였다.

마카오 항에 도착하자, 마부들이 기다리고 있었다. 마테오 신부는 의식 없는 달복이를 안고 마차에 탔다. 두 명의 아이도 마차에 올랐다.

야마타와 무사들은 무역선에서 내리지 않았다. 마카오 항구에서 물건을 실은 뒤 다시 왜국으로 돌아갈 거라고 했다. 야마타가 헤어지면서 승이에게 당부했다.

"나도 이제 자유롭지 못할 것 같구나. 이노우의 부하들이 나를 죽이려 혈안이 되어 있을 것이다. 승이야! 꼭 살아야 한다. 황 역관에게 네 소식을 전하마."

야마타가 무역선 갑판 위에서 손을 흔들었다.

"어르신, 고맙습니다. 꼭 살아서 고향으로 돌아가겠습니다."

승이는 야마타에게 허리 굽혀 인사한 뒤, 마차에 올라탔다. 승이가 타자, 마차가 서서히 항구를 빠져나갔다.

마차는 마카오 시내에 있는 아우구스틴 교회로 향했다.

세나두 광장에서 비탈길로 올라가니, 우뚝 솟은 황색 건물이 보였다. 건물 꼭대기에는 하얀 십자가가 세워져 있었다.

교회에 도착했을 때, 문을 열고 달려 나오는 사람이 있었다. 유리와 히로메 마님이었다. 뜻밖의 만남이었다.

"승이 오빠!"

"유리야! 난 네가 죽은 줄만 알았어."

승이는 마카오에서 유리를 만날 거라고 꿈에도 생각하지 못했다. 이노우 영주는 부하인 가와구치마저 밀어냈다. 도자기 무역을 통해 얻는 엄청난 돈을 차지하려는 욕심 때문이었다. 결국 그는 기리시탄 신도들까지 막부에 고발했다. 가와구치는 결국 이

노우의 모함을 받아 처형당했다. 다행히 외가인 오사카로 간 유리와 히로메는 세르지오 신부의 도움을 받아서 마카오로 오게 된 것이다. 왜장 가와구치가 처형되었지만 유리와 히로메는 환하게 웃으며 승이를 반겨 주었다. 히로메는 살아남아서 고맙다고 말하며 눈물을 글썽였다.

살아남은 소년 포로 두 명은 동래부에서 살았다고 했다. 얼굴이 둥글고 눈썹이 짙은 아이는 석호이고, 얼굴이 갸름하고 눈꼬리가 밑으로 처진 아이는 호야이다.

아이들은 아우구스틴 교회에 머물면서, 유리와 함께 교회 청소도 하고 마구간에서 말들을 돌보면서 지냈다.

승이가 석호, 호야와 마구간 청소를 끝내고 교회 계단에 앉아 있는데, 세르지오 신부가 찾아왔다. 세르지오 신부는 마지막까지 나가사키 바오로 교회를 지켰던 신부님이라고 만수에게 들은 적이 있었다.

"기리시탄 영주들이 돈을 내 너희의 몸값을 치렀단다. 왜국의 노예가 아니다."

석호와 호야가 좋아하며 그 자리에 펄쩍펄쩍 뛰었다.

"너희들은 자유의 몸이다. 이제 어디로 갈 것이냐?"

얼굴색이 검은 세르지오 신부가 석호와 호야에게 물었다.

"조선으로 가지는 않을 겁니다."

둘은 하나같이 입을 모았다.

그들은 백성을 지키지 못하는 조선이 싫다면서 새로운 세상에서 살고 싶다고 했다.

승이 마음도 잠시 흔들렸으나 고향에 남아 있는 가족들이 그 마음을 붙잡았다. 조선에는 아버지가 계시고, 어머니와 순이가 있다. 분명 아버지는 자신을 찾아올 것이다. 마카오를 떠나 유럽으로 가면 영영 아버지를 못 만날 수도 있었다.

14. 범선 사그레스호

보름 뒤면 사그레스호가 떠난다고 했다. 석호와 호야는 항해에 필요한 물건을 준비하느라 바빴다.

승이는 오직 달복이가 깨어나기만을 기도했다. 유리도 히로메 마님도 달복이를 정성껏 간호했다.

마테오 신부가 승이에게 사그레스호를 타자고 권했다. 승이는 고개를 흔들었다. 달복이가 죽음의 문턱을 넘나드는데, 낯선 땅 마카오에 남겨 두고 갈 수는 없었다. 그리고 아버지를 기다려야 했다.

승이는 예배당에서 십자가상을 바라보며 제발 달복이를 살려 달라고 기도했다.

사그레스호가 떠나기로 한 날이 하루 앞으로 다가왔다.

"승이야, 정말로 우리랑 같이 안 갈래?"

석호가 같이 못 가서 안타깝다는 듯 물었다.

"달복이를 두고 갈 수 없어."

승이는 주저하지 않고 단호히 거절했다.

유리와 히로메도 마카오에 남기로 했다. 히로메는 마카오에 있다가 전쟁이 끝나면 왜국으로 돌아갈 거라고 했다.

그때, 호야가 숨을 헐떡이며 달려왔다.

"달, 달복이가 깨어났어."

'아! 예수께서 내 기도를 들어주셨어.'

승이는 달복이가 있는 교회 별관으로 뛰어갔다. 달복이는 아직 일어나지 못한 채 누워 있었다.

"달복아! 달복아!"

승이가 부르니, 달복이가 힘없이 눈을 떴다.

"난, 난 네가 죽는 줄 알았어. 엉엉."

"만, 만수 형은?"

의식을 찾은 달복이는 만수부터 찾았다. 승이는 달복이의 눈을

애써 피했다. 달포 만에 깨어난 달복이에게 만수가 죽었다는 말

을 차마 할 용기가 없었다.

"만수 형한테… 무슨 안 좋은 일이라도… 있는 거야?"

허옇게 말라붙은 입술을 달싹거렸다. 달복이는 만수만을 찾았

다.

"만수 죽었다. 그만 찾아라. 거룻배에서 조총 맞고 죽었다."

성미 급한 석호가 만수가 죽었다고 얘기해 버렸다.

"그걸 얘기하면 어떡해? 달복이한테 비밀로 하기로 했잖아?"

호야가 석호를 나무랐다.

"어차피 알게 될 일이야. 숨길 일이 따로 있지."

석호가 단호하게 말했다.

"만수 형이 죽었다니, 그게… 무슨 말이야. 아니지? 만수 형…
살아 있지?"

달복이가 힘겹게 물었다. 승이는 고개를 떨구었다.

"만수 형이 죽을 리 없어."

달복이가 흐느끼기 시작했다.

"그런 말을 왜 해? 이제 겨우 정신을 차렸는데."

호야가 못마땅해했다. 그런 호야도 소매 끝으로 흐르는 눈물을
닦았다.

"달복이도 알아야지. 우린 마카오를 떠날 거다."

"석호야! 어쩌다 이렇게 모질어졌니? 조선에서는 이러지 않았
는데……."

"왜국에 끌려와서 우리가 어떻게 살았어? 전쟁 없는 세상에서
살고 싶다고! 엉엉."

석호도 결국 눈물을 터트렸다. 주위는 울음바다가 되었다.

만수가 죽었다는 충격 때문인지, 달복이는 다시 정신을 잃었다. 서양 의사가 달복이를 진찰하러 교회 별관으로 들어왔다.

의사는 청진기를 달복이의 몸 여기저기에 대며 한참 동안 진찰하더니, 고개를 절레절레 흔들었다. 의사는 달복이의 앙상한 팔에 쇠로 된 바늘을 꽂았다.

날이 밝으면 사그레스호가 출항한다.

석이와 호야는 들떠 있었다. 세르지오 신부가 기도실로 승이를 불렀다.

"사그레스호를 타. 달복이는 마테오 신부가 돌볼 거야. 유리와 히로메도 있으니, 걱정 안 해도 돼."

그 목소리가 애절했다. 전쟁이 끝나면 다시 고향으로 갈 수 있다고 승이를 애써 위로했다.

승이는 달복이 옆에서 꼬박 밤을 새웠다. 다시 갈등이 생겼다. 밤새워 고민해도 결정을 내릴 수가 없었다.

'아버지라면 뭐라고 하실까? 아픈 친구를 버리고 포르투갈로 떠나라고 하실까?'

마카오에 남기로 한 마테오 신부도 승이가 떠나기를 바랐다.

"달복이는 내가 보살필 것이다. 네 꿈을 찾아! 달복이도 그걸 원할 거야."

승이는 축 처져 있는 달복이의 손만 만지작거렸다. 그러다가 결심한 듯 자리에서 일어섰다. 두 신부님의 설득에 사그레스호에 오르기로 마음먹었다.

드디어 마차가 교회 안으로 들어왔다. 세르지오 신부는 마부 옆에 앉았다. 승이, 석이, 호야는 뒷자리에 앉았다. 유리와 히로메는 달복이를 간호한다며 교회에 남았다.

말은 요란한 울음소리를 내며 교회 마당을 빠져나갔다. 승이는 아우구스틴 교회가 보이지 않을 때까지 눈을 떼지 못했다.

'마지막 인사도 못 했는데…….'

승이는 쇳덩이라도 매달아 놓은 듯 마음이 무거웠다.

"와! 사그레스호가 보인다."

석호와 호야가 좋아서 소리쳤다.

마카오 항에 도착하자, 서둘러 마차에서 내렸다. 새벽부터 서둘렀건만 생각한 시간보다 많은 시간이 지나갔다.

순항을 알리듯, 부드러운 계절풍이 불어왔다. 사그레스호의 모든 돛이 펼쳐졌다. 장엄한 풍경이었다. 돛은 배를 빵빵하게 부풀리었다.

출항을 알리는 뿔 나팔 소리가 울려 퍼졌다. 세르지오 신부가 갑판으로 올라가고 석호와 호야가 그 뒤를 따랐다.

"승이야! 어서 올라오지 않고 뭐 해!"

석호가 손짓했다. 승이가 사그레스호로 올라가는 계단에 발을 내디딜 때, 히잉 말 울음소리가 들렸다. 뒤돌아보던 승이가 느닷없이 계단에서 바닥으로 펄쩍 뛰어내렸다.

"마차를 세워요!"

승이가 교회로 막 떠나는 마차의 꽁무니를 쫓았다. 마부가 승이를 보았는지, 마차를 멈추었다. 승이는 뒤도 돌아보지 않고 마차에 올라탔다.

"뎅그렁뎅그렁……."

교회 종탑에서 종이 울렸다. 종소리는 파도처럼 마카오 항구를 넘실거리며 바다를 향해 퍼져나갔다. 종소리에 놀란 갈매기들이 후다닥 날개를 퍼덕이며 하늘 위로 올라갔다.

승이는 갈매기들이 날아가는 쪽으로 얼굴을 돌렸다. 거기에 사

그레스호가 있었다.

'예수라면 달복이를 혼자 두고 떠나지 않을 거야.'

승이는 마음속으로 외쳤다.

갑판 위에서 세르지오 신부와 석호, 호야가 손을 흔들고 있었다. 그들도 승이의 뜻을 꺾을 수 없다고 생각한 모양이었다.

항구에서 멀어져 가는 사그레스호를 보며 힘껏 손을 흔들었다. 승이는 자신의 선택이 옳았다고 스스로를 위로했다.

다시 봄이 오고, 달복이도 조금씩 건강을 되찾았다.

승이는 왜국에서 무역선이 들어오는 날이면 마카오 항으로 갔다. 유리도 승이를 따라왔다. 그리고 언제 올지 모르는 아버지를 기다렸다.

햇볕이 쩅쩅한 어느 여름날이었다. 이번 무역선은 반년 만에 왔다. 무역선이 오는 날을 얼마나 기다렸는지. 승이는 무역선이 온다는 소식을 듣고 꼭두새벽부터 마카오 항에서 동북쪽 바다를 지며 보고 있었다.

왜국 무역선이 바다를 가르며 항구로 서서히 다가왔다.

뿌웅~~ 입항을 알리는 나팔 소리가 들리고, 갈매기들은 빙글빙글 배 주위를 맴돌았다. 사람들이 갑판 위로 모여들었다.

"아버지! 아버지!"

승이는 손나발을 만들어 아버지를 목청껏 불렀다. 두루마기 끝자락도 보이지 않았다.

"오빠, 실망하지 마. 언젠가 오빠를 찾으러 오실 거야. 나도 나와 엄마를 찾으러 오는 아버지가 살아 계셨으면 좋겠다."

유리가 훌쩍였다.

전쟁의 상처마저 바다는 꿀꺽 삼켰다. 갈매기 떼들이 갑판 위를 자유롭게 날아다녔다. 언젠가는 아버지를 만날 것이다. 아직 조선은 전쟁 중이라고 했다. 전쟁은 곧 끝이 날것이다.

바다 위로 햇빛이 부서졌다. 푸른 바다에 흩뿌려진 은빛 조각들이 반짝거렸다. 하늘에는 하얀 뭉게구름이 몽실몽실 피어올랐다.

승이와 유리는 방파제에 걸터앉아 머리를 젖히고 하늘을 바라보았다.

'전쟁은 곧 끝이 날 것이고, 아버지는 분명 나를 찾으러 마카오로 오실 거야.'

북동풍이 불었다. 만수를 닮은 동글동글한 구름이 바람을 따라 조선으로 흘러가고 있었다.

참고문헌

강항, 『간양록(조선 선비 왜국 포로가 되다)』, 보리출판사, 2010.

국립진주박물관 편집부, 『임진왜란 조선인 포로의 기억』, 국립진주박물관, 2010.

신유한, 『해유록 (조선 문인의 일본 견문록)』, 돌베게, 2011.

유성룡, 『징비록(지옥의 전쟁 그리고 반성의 기록)』, 서해문집, 2012.

오카마오코, 『대항해 시대의 일본인 노예』, 산지니, 2021.1999.

강귀일, 숨은 그리스도인의 침묵, 동연, 2019

「소년 포로, 400년 만의 귀향」, kbs 역사스페셜, 2011.

「나가사키에서 팔려나간 일본·조선인들, 그리고 끝나지 않은 거대한 비극2」, 경향신문 2019. 10.13 기사.

선조수정실록 26권, 선조 25년 4월 14일 계묘 1번째 기사